ホーンテッド・キャンパス
夏と花火と百物語

櫛木理宇

角川ホラー文庫
21247

CONTENTS

HAUNTED CAMPUS

八神森司
やがみ　しんじ
大学生（一浪）。超草食男子。霊が視えるが、特に対処はできない。こよみに片想い中。
灘こよみ
なだ　こよみ
大学生。美少女だが、常に眉間にしわが寄っている。霊に狙われやすい体質。
Characters introduction
イラスト／ヤマウチ　シズ

HAUNTED CAMPUS
黒沼麟太郎
くろぬま　りんたろう
大学院生。オカ研部長。こよみの幼なじみ。オカルトについての知識は専門家並み。
三田村藍
みたむら　あい
元オカ研副部長。新社会人。身長170cm以上のスレンダーな美女。アネゴ肌で男前な性格。
黒沼泉水
くろぬま　いずみ
大学院生。身長190cmの精悍な偉丈夫。黒沼部長の分家筋の従弟。部長を「本家」と呼び、護る。

HAUNTED
CAMPUS
小山内陣
おさない・じん
歯学部に通う大学生。
甘い顔立ちとモデルばりのスタイルを持つ。
こよみの元同級生。
鈴木瑠依
すずき　るい
新入生。霊を視ることができる。ある一件を通じ、オカルト研究会の一員となる。

プロローグ

HAUNTED CAMPUS

——負けてなんでへらへらしてる。

——おまえは駄目だ、おまえみたいなやつは選手として大成しない。

——必死になれないやつはなにをしても駄目だ。やめちまえ。

「うわっ」

ちいさく悲鳴をあげ、八神森司《やがみしんじ》は飛び起きた。

室内は真っ暗で、カーテンの隙間からわずかに街灯のあかりが射しこんでいるだけだ。闇にぼうと浮かびあがるデジタル時計の文字盤は、『AM2:41』であった。

「ゆ、夢か……」

森司は額の汗を拭《ぬぐ》った。

いやな夢だ。心臓がまだ早鐘を打っている。耳もとに、罵倒《ばとう》の声があざやかに残っている。

中学時代に所属していた陸上部の、鬼コーチの声であった。

彼の在任中、なぜか森司は目の敵にされつづけていた。わずか一年でコーチはよその学校へ引き抜かれていったものの、あの一年間だけで何百回、いや何千回怒鳴られたか見当もつかない。

「覇気がない」

「勝負事に向いてない」

「そんなんだからおまえは万年補欠なんだ」

と糞味噌《くそみそ》の言われようであった。

いま一度汗を拭って、森司はふと気づいた。枕の下に入れていた雑誌が、ずれてはみ出してしまっている。

「しまった。このせいで悪夢を見たのか……」

つぶやいて、森司は雑誌を丁寧に枕に敷きなおした。地元で有名なタウン誌『月刊シティスケープ』の最新号であった。

この号の、奥付から二ページさかのぼった『今月のベストカップル』コーナーに、当の森司本人が載っているのだ。

テーブルを挟んだ正面には目もあやな美少女——同じく雪越《せつえつ》大学三年の灘《なだ》こよみが座っている。つまりこれは彼とこよみをカップルだと紹介する、奇特かつすばらしい雑誌なのである。

取材記者は『街で見かけたお洒落《しゃれ》さん特集』に掲載すると言っていたが、どこをどう間違えたのか、発売されてみたらこんな具合だった。

しかも『今月のベストカップル』は一ページ丸々を使った名物コーナーで、写真が大部分を占める。はにかんだように微笑むこよみと、添え物的に斜めの角度で写る森司が、それはもうくっきりと見間違いのしようもなく載っている。

ちなみにこの号は、森司が属する『オカルト研究会』のサマーキャンプ中に発売された。おかげで帰宅して携帯電話の電源を入れた途端、メールと電話着信の履歴がかつてない数字を表示した。

発信者は大学の同ゼミ生、元級友、両親、親戚《しんせき》などなどである。

「見たぞ八神」

「おまえ、おれたちに黙ってあんな美人と付き合ってたのか」

「ふざけやがって。前世でどれほどの徳を積んだんだ」

山のような留守電メッセージをなかばまで聞いて、森司は携帯をそっとしまった。

そして本屋へ走った。

在庫すべてを買い占めたいところであったが、あいにく金が足りなかったので五冊買って帰った。

そしてそのうち一冊を「こよみちゃんの夢が見られますように」と乙女のごとく枕の下へ敷き、今日《こんにち》にいたる。

「寝相が悪かったんだな。だから枕からはずれて、雑誌のご利益が無効化してしまった。よし、今度こそきっちりと……」

森司はシーツの上で正座し、掌を合わせて枕を拝んだ。

ふと、携帯電話の点滅に気づく。手を伸ばして確認するとメールが届いていた。奇遇にも、中学陸上部での親友兼ライバルだった津坂浩太《つさかこうた》からだ。

「ひさしぶり。おまえ、灘さんと雑誌に載ったんだって？　うちのおかんが画像撮って送ってくれたぞ。けどうらやましいとは言わねーからな。おれだっていま、友達の紹介で知り合った子といい感じなんだ」

お互いうまくいったら正月に祝勝会をしよう――としめくくって、メールは終わっていた。

相変わらず負けず嫌いなやつだなあ、と森司は苦笑する。

浩太は昔からそうだった。小柄だが勝気で目立ちたがり屋で、なにより自信に満ちた男なのだ。陸上競技の花形こと百メートル走正選手の座は、中学二、三年とも浩太のものだった。彼の陰で、森司は万年二番手に甘んじていた。

「さて、今度こそいい夢見よ……」

森司は横たわり、腹に布団をかけた。

まぶたを閉じる。眼裏《まなうら》にちかちかと走る閃光《せんこう》の残像を、しばし追う。吸いこまれるように意識が消えたあと、もう悪夢は見なかった。

「はい、ベストカップルにかんぱーい」

カシスオレンジのグラスを掲げて言う黒沼《くろぬま》部長に、

「やめてくださいよ」

と森司は赤面した。

ときは翌日の夜八時、場所は大学近くの居酒屋である。

森司の正面には雪大《ゆきだい》ＯＧの三田村藍《みたむらあい》、その隣に、院生で『雪大オカルト研究会』の部長でもある黒沼麟太郎《くろぬまりんたろう》。その向かいに、彼の従弟《いとこ》の黒沼泉水《くろぬまいずみ》が座っている。

「乾杯はさっきもやったじゃないですか。何回やる気ですか」

「楽しいことは何度やったっていいんだよ」

しれっと部長が言う。

「だいたいなんで部長と泉水さんがいるんです。おれは藍さんにしか声をかけていないのに、結局いつもの面子《メンツ》じゃないですか」

ジョッキを傾けながら森司がぶつくさとぼやく。部長はそれを無視して、

「鈴木《すずき》くんも来れればよかったんだけどね。残念ながら今夜はバイトの遅番だってさ。泉水ちゃんもだけど、苦学生はほんと大変だよねえ。頭が下がるよ」

「ああ、鈴木と言やあ、あいつも乏しいバイト代から例のタウン誌を買ったらしいぞ。喜べ八神」

泉水がねぎまの串《くし》に手を伸ばしながら言う。

「あいついわく『関係ないはずなんですが、なんとなく嬉《うれ》しくて』だとさ」

部長が「あははっ」と笑い声をあげた。

「その気持ち、わかるわかる。ついぼくまで二冊買っちゃったもん」

「お、お買い上げありがとうございます」

神妙な面持ちで、森司は深ぶかと礼をした。

「余談ながらおれは五冊買ってしまいました。観賞用と、観賞用スペアと、保存用、本棚に飾る用、枕の下に入れる用——」

「……二日ほど前、まったく同じ報告を聞いた気がするわ」

と小声で言ったのは藍だ。聞きとめた森司が首をかしげる。

「へえ。おれと似たような体験をした人がいるんですか」

藍さんは顔が広いからそういうこともあるか——と納得する森司の横で、泉水がなぜかこめかみを押さえていた。その正面では、やはり部長が苦笑している。

微妙になった空気をとりなすように、

「ところで八神くん、用事ってなあに」

藍が海鮮サラダをサーバースプーンで取り分けながら問う。

森司は「あ、はい」と居住まいを正した。

「いやその、女性のご意見を聞きたかったもので……」

「女性の」

「ほう、女性の」

声を揃える黒沼従兄弟《いとこ》コンビを、「しーっ。茶化《ちゃか》さないの」と藍が唇に指をあてて制す。

「あたしに答えられる範囲のことなら答えるわよ。で、具体的になにが訊《き》きたいの？」

「いや……その、あのですね」

森司はふたたび赤面した。

ジョッキを置き、咳払《せきばら》いし、意味もなくおしぼりを手にとって丸めた。ちらりと黒沼コンビを横目で見、二人が黙っているのを確認してから、おもむろに口をひらく。

「じつはその、じ、女性というのは、どのようなシチュエーションで告白されたいものなのか、と……」

「おお」

「おおおー……」

藍が、そして部長が目を見ひらき、身を引いた。

「やっとか」

泉水が無表情に、平坦《へいたん》な声で言う。

森司は彼にうなずきかえし、膝《ひざ》の上で両拳《こぶし》を握った。

「じつは以前、灘に告白しかけたことはあるんです。でもあれは完全にただの勢いでした。今回はそうじゃなく、ちゃんと準備して覚悟を決めた上で、その、おれの長年の想いを打ち明けたいと……」

「八神くん」

真っ赤になってうつむいてしまった森司に、藍がやさしく声をかけた。

「そんなに気負わないで。あたしから言えるのはただひとつ、いつものきみでいいってことよ。へんな小細工はせずに、直球勝負しなさい。思っていることをそのまま言えばいいの」

「いつものおれ、ですか」

「そうよ」

「でもシチュエーションには、やはり多少は凝るべきじゃないでしょうか」

森司は顔をあげ、言いつのった。

「さすがに普段着で、場所は行きつけのうどん屋で、カレーうどんの湯気越しに『付きあってほしい』なんて言われても、いまいち女子は喜ばないでしょう」

「まあその場合、女だって熱いうちにうどんを食いたいだろうな」

泉水が真顔で言う。森司は「そのとおりです」と同意して、

「だからですね、やはり多少は非日常のムードが必要じゃないかと。でもおれの貧弱な経験と想像力では限界がありますから、ここはひとつ藍さんのご意見をうかがおうと電話した次第です」

横から部長が口を挟んで、

「非日常っていうと、夜景のきれいなスポットで、レンタルのタキシード着て薔薇《ばら》の花

束持って、みたいな感じ？」

「やだ、絶対やめて」

藍が即座に却下した。

「若手芸人のコントじゃないんだからさ。それならうどん屋のほうが百倍マシよ。むしろうどんを食べ終えて、店を出て星空を眺めながらのほうが断然ムードある」

「えーそう？　ぼくは薔薇持った八神くん見たいけどなあ」

「おまえは自分が楽しみたいだけだろ」と泉水。

「は、花って駄目なもんなんですか……？」

おろおろと尋ねた森司に、

「八神くんまで」と藍が頭を抱えた。

「あのね、花束全般が駄目ってわけじゃないのよ。そうじゃなくてTPOってものを、自分の身に置き換えて考える癖を付けましょう、えーとまず八神くん、たとえばきみが花束をもらったとして、花瓶持ってるの？　あのアパートに大きな花束を飾れるスペースと花器はある？　浴槽以外で」

「ないです……」

「でしょ。女でも学生の一人暮らしで大きい花瓶持ってる子って稀《まれ》よ。確かにこよみちゃんは花が好きだけどね、いったんもらう側の気持ちになって――」

ふ、と藍の語尾が消えた。

森司の背後に立つ男の影に気づいたからだ。泉水も気配を感じて振りかえる。

「八神」

頭上から声が降ってきた。

しかし咄嗟《とっさ》に森司は反応できなかった。聞き覚えのある声だったからだ。遠い昔――と言いたいところだが、今朝の夢にも出てきた声だ。

――負けてなんでへらへらしてる。

――おまえは駄目だ。

――おまえみたいなやつは選手として大成しない。やめちまえ。

「こ……」

森司はおそるおそる、首を曲げた。

「鴻巣《こうのす》コーチ……」

眼前に立って彼を見下ろしているのは、まぎれもなく中学時代の陸上部コーチ、鴻巣一史《かずふみ》であった。

年齢はもう四十なかばだろうか。あいかわらず木に目鼻を彫りこんだような厳しい顔つきで、眉間《みけん》に深い皺《しわ》が刻まれている。なぜか右手には、最新の『月刊シティスケープ』を握っていた。おそらく店内の雑誌ラックにあったものだろう。

「……ってないのか」

鴻巣の口から、重々しい声が洩《も》れた。思わず森司は問いかえした。

「はい？」

「もう走ってないのか」

「は、はい」森司は首肯した。

いまは週に一、二回、思いたったときに河原をランニングする程度だ。それとてむろん本格的なものではなく、流す程度の走りである。

鴻巣は森司を無遠慮に眺めまわし、

「だろうな、その体つきじゃ。おまけに女と浮わついて、安居酒屋でビールをがぶ飲みか」

ふんと冷笑した。

言いざま、テーブルへ『月刊シティスケープ』を無造作に投げだす。

「――だから言ったろう。おまえはろくなもんにならんと」

きびすを返し、鴻巣は大股《おおまた》で店を出ていった。

あとには呆気《あっけ》に取られる先輩三人と、冷や汗で全身びっしょりの森司が残された。

1

エレベータは十一階で止まった。

全員で順に降り、ほんの数歩進んだ先のドアをひらく。

眼前にひらけたのは、このマンションのスカイラウンジホールであった。

片側の壁が全面ガラス張りになっており、市街地の夜景が見おろせる。完全に陽が落ちたいま、ライトアップされた橋上は真っ黒にしか見えない。しかしこの時刻ならば、間違いなく人でごったがえしているはずだ。

――なにしろ今夜は、年に一度の花火大会なのだから。

「おじゃまします。参加費代わりにワインとシャンパン持ってきたけど、こんなもんでよかったかなあ」

右手の紙袋を、黒沼麟太郎さんが掲げてみせる。その後ろで、缶ビール二十四本入りケースを軽がると担いだ泉水先輩が会釈する。

ぼくはさらにその背後から、おっかなびっくり足を踏み入れた。

はじめて目のあたりにするスカイラウンジは薄いグレイの絨毯《じゅうたん》が敷きつめられ、二人掛けないしは四人掛けのソファが大きなコの字形に並んでいる。

　真ん中のテーブルは、ガラス製のテーブルをいくつか寄せ合わせたものだ。おそらく普段はソファとセットで配置されているのを、今夜の花火観賞のため数人がかりで動かしたのだろう。

「なんだ、力仕事はおれが来るまで待ってろよ。家具の移動なら慣れてるぞ。なにしろ引っ越し屋のバイトを五年もやってるからな」

　と言いながらビールケースを置く泉水先輩に、

「いや平気です。おれと鈴木と小山内《おさない》で余裕でした」

　片手を挙げた男子学生は——ええとそうだ、八神さんだ。

　黒沼さんと泉水先輩と同じオカ研所属の、たぶん三年生。目立つ学生揃いのオカ研の中で、一番地味だからかえって目立っていると評判の先輩である。

　彼の斜め後ろに立つ鈴木瑠《る》依《い》くんは、ぼくと同じ一年生だ。トレードマークのキャップを、真夏だというのに今日も深くかぶっていた。

　その横の小山内陣《じん》さんは歯学部の三年生。泉水先輩とさほど変わらない長身で、雑誌モデルがつとまりそうなほどのルックスである。

「部長さん泉水さん、いらっしゃい！」

「やったーシャンパン！　待ってました！」

　と、はしゃぎながら出迎えた女性二人は、残念ながらぼくの知らない人だった。

黒沼さんが笑顔でぼくたちを振りむいて、

「あちらのお二人が、今夜のホストの片貝璃子《かたがいりこ》さんと五十嵐結花《いがらしゆか》さんだよ。このマンションの八階でルームシェアしてるんだ」

「はじめまして」

二人が声を揃える。黒沼さんが会釈を返し、

「今日はご招待ありがとう。こちらは工学部の古賀真軌《こがまさき》くんと、弟の透哉《とうや》くん。ぼくの後ろにいるのが一年生の内藤彗《ないとうさとし》くんね」

と、ぼくたちを順に紹介していく。

古賀さんは弟くんの首に手を添えながら一緒に頭を下げさせた。ぼくこと内藤も、ぎこちなく挨拶《あいさつ》する。

首にリボンをかけたシャンパンを、黒沼さんは璃子さんに手渡した。

「今夜はこのラウンジ、貸切にしてもらったんだって？　なんか無理言っちゃったみたいで申しわけないなあ」

「そんなことないですよ。なにしろわたしたち、大家さんにも管理会社にもちょこっと貸しがあるでしょ？　一晩くらいならこころよくＯＫしてもらえます」

と璃子さんが含み笑う。

結花さんはシャンパンとワインを見比べて、

「わーこれ一本一万円くらいのやつじゃないですか！　あたし今日は飲んじゃう！　就

活のストレスで、不眠だわ吹き出物は治らないわで落ちこんでたんですよ。もう今日くらい羽目はずしちゃいます！」

と叫んだ。

「さあみんな、座って座って」

奥で声をかけたのは三田村藍さんだ。

「そろそろ七時になるわよ。花火は十五分からだから、その前に乾杯済ませちゃいましょう。部長と泉水ちゃんはそっちの三人掛けに二人で座って。透哉くんはお兄ちゃんと一緒に窓の近くね。コップ配っていい？　お酒飲めない人には、烏龍茶《ウーロンちゃ》とペプシとジンジャーエールがあるからね」

てきぱきと仕切っている。

「――って八神くん、なんでそこ座るの」

「はい？」

指摘されて、八神さんがきょとんと顔を上げた。

「はいじゃないわよ。きみの指定席はあっちの二人掛け。そんな下座に縮こまってないで、花火がよく見える特等席に行きなさい」

藍さんが指さした先には、二人掛けソファの片側を空けて、恥ずかしそうに待つ美少女がいた。

今年入学したばかりの一年生にも、その存在はとっくに知れ渡っている。教育学部三年の灘こよみさんだ。

美人だ。近くで見るとさらに美しい。色が透きとおるように白い。顔がちいさい。

すっきりしたショートボブの黒髪が濡《ぬ》れたようにつやつやと光り、淡い照明を弾《はじ》いている。まるっきり、お人形さんが生きて動いているみたいだ。

眼福だ——と見とれるぼくの斜め前で、八神さんが「いやあ、その」と尻込《しりご》みする。

しかし藍さんにいま一度急《せ》き立てられて、

「で、では」

咳払《せきばら》いして腰を浮かした。

なぜか一緒に小山内さんが立ちあがりかける。しかし右隣の藍さんが「まあまあ」と彼の手に紙コップを握らせ、左隣の鈴木くんが「まあまあまあ」とシャンパンを注ぐ連携プレイで、有無を言わさず抑えこんでしまった。

八神さんが灘さんの横に立ち、

「と——隣、いいかな。失礼します」と言う。

「ど、どうぞ」

両手を膝《ひざ》に置いた姿勢で、しゃちほこばって灘さんがうなずく。

二人掛けソファに無事おさまった彼らを見て、泉水先輩が黒沼さんにささやいた。

「八神も図太くなったたな。二年前なら『いやいいです、ほんとにいいです』って逃げまわってた場面だぞ」

「成長したって言ってあげなよ」

黒沼さんが苦笑する。

「あの二人はヴィジュアル的にも可愛いからいいよね。ああして並んでると、見てるこっちがなごんじゃう」

確かに、とぼくは思った。

一見平凡な八神さんと超美少女の灘さんという組み合わせだが、醸しだす雰囲気が似ているせいか、二人並ぶと妙にしっくりくる。ちんまりとソファにおさまった姿は、お内裏さまとお雛《ひな》さまのようだ。

そんな彼らをよそに、女性陣は和気あいあいと盛りあがっている。

「紙コップでシャンパンって、ちょっと残念？」

「しょうがないじゃん。部屋からグラスや食器一揃い持ってきたら大仕事だもん」

「カトラリーのレンタルってなかったっけ」

「まあまあ、今日はこれでいいじゃない。食べ物のアレルギーある人いないよね？　そっちの端までお皿置いちゃっていい？」

「キャンドルスタンドは真ん中にお願い」

紙コップとおしぼりが配られる。デパ地下で買ったというサラダやミートローフ、手づくりらしきタッパーウェア入りのラタトゥイユ、コンビニのサンドイッチ等々が並べられていく。その脇で非常勤講師の矢田《やだ》先生は、せっせと瞬間冷却器に缶ビールをセットしていた。

「飲みもの行きわたった？　では僭越《せんえつ》ながら、ぼくが乾杯の音頭をとらせていただきます」

黒沼さんが紙コップを掲げた。

「ご唱和お願いします。乾杯！」

かんぱーい！　と全員の声があがる。

ソファに着いた一同を、ぼくはあらためて眺めた。

まずオカルト研究会の六人。ホストの璃子さんと結花さん。古賀さんと弟くん。泉水先輩と同じくらい長身で若白髪の男性。矢田先生。その連れらしき男子学生二人。小山内さん。さらに女子学生が二人と、かなりの大人数である。

「いいですか？　照明落としまーす」

璃子さんがリモコンで天井の灯《あか》りを消した。

代わりにぼうと浮かびあがったのは、テーブルの真ん中に置かれたキャンドルスタンドだった。立てられた人数ぶんの蠟燭《ろうそく》が、炎をほのかに揺らしている。

タイミングよく、ガラス越しに拡声器の声が聞こえてきた。

花火大会のアナウンスだ。

提供企業の名が読みあげられる。数秒置いて、弾けるような炸裂音《さくれつ》がする。

漆黒の夜空に大輪の花が咲いた。

ピンクや黄の火花が完全な円形を一瞬描き、わずかな余韻を残して消えた。

「すごい、ほんとに絶好のスポットね」

「招待してもらえてよかったあ」

ため息まじりの歓声が、あちこちから洩《も》れる。

「うん、じつにいい雰囲気だね」

黒沼さんが紙コップを置き、ソファにもたれかかると鷹揚《おうよう》に言った。

「んじゃそろそろはじめようか。――暑気払いにふさわしく、花火を背景に語る『百物語』の会を」

2

一番手は、若白髪が目立つ長身の男性だった。

「ではトップバッターはおれ、桑山保《くわやまたもつ》がお話しいたします」
二、三度咳払いして喉《のど》の調子をととのえると、彼は語りだした。
ええと、自分が体験したか見聞きした話なら、とくに起承転結はなくてもいいんだよな？

まあ先に言っちまうと、落ちのない話です。

ちょっとばかりぞっとしたエピソードってだけなんだけど、その代わり実話だってことだけは、正真正銘保証する。

えー、どっから話しゃいいんだろ。あ、そうそう、おれの伯父《おじ》が単身用アパートを二軒持っていてね。たまにトラブルがあるらしいんだ。管理会社に任せりゃいいのに変なとこでケチなもんだから、基本は自分で処理してるんだな。

一軒は学生用で、たいてい親が保証人になるからあまり問題ない。でも残る一軒のほうが、いまいちよくないのさ。

おれの見た限り、年に一回はなにかしら揉《も》めてる。家賃の滞納だとか、騒音だとか悪臭だとか内容は様ざまだが、どういうわけか入居者の質があれなんだな。

べつに家賃を不当に低く設定してるわけじゃないし、連帯保証人だって付けてるし、反社会勢力お断りだのの契約書にサインももらってるのに、それでもおかしなやつが定期的に入居してくるらしい。

とはいえ、あからさまな事故物件になったことは一度もない。

臭いと思ったら死体が発見されただとか、他殺だとか火事を出したとかそういうのはないんだ。ま、だからこそ伯父本人もまわりも呑気《のんき》というか、悠長に構えてられるんだろう。

で、一昨年《おととし》だったかな。そのアパートで夜逃げがあったんだ。

「バイト代出すから片付けを手伝ってくれ」

って伯父に言われて、交渉の末、日当八千円プラス食事代で引き受けた。どうせ予定のない週末だったし、まあいいかなと思ったのさ。

問題の部屋は、二階の端だった。

予想外にきれいな部屋だったよ。ちゃんと片づいてたし、生活の荒れも乱れも感じなかった。

ほんとに身ひとつで出奔したらしく、家具、家電、食器が全部そっくりそのまま残されていた。あまりにも整然としてるんで、

「なんかメアリー・セレスト号みたいだな」

って思っちまったよ。

ほら、漂流中の船を見つけて乗りこんでみたら、まだ温かいコーヒーや火にかけたままの鍋《なべ》が残ってて、肝心の乗組員は忽然《こつぜん》と消えてた、ってやつ。ほんとあんな感じで、生活感そのままに住民だけがいなくなってたんだ。

「なんだ、この空気清浄機もレンジも新品同然じゃんか。処分するの勿体《もったい》ねぇなあ。これレオパレスみたいに、家具付き物件としてまるっと貸しだせるんじゃねえ？」

おれは伯父に笑って、

「なんならおれが住もうかな」と言った。

もちろん冗談だよ。でも伯父はにこりともしなかった。背を向けて食器を段ボールに詰めながら、

「やめとけ、ろくなことにならん」

て言うんだ。おれは首をすくめたよ。

「まあ夜逃げするくらいだしな」借金取りに押しかけられたりしたら面倒だよな」

「そうじゃない」

伯父は首を振った。

「おまえにまで消えられたら、さすがに寝覚めが悪い」

「は？　なんでおれが消えるんだよ」

笑うおれに、伯父はやっぱり振りかえりもしないで言った。

「なんでもなにも、こういう部屋は〝つづく〟んだ。一人消えたら、なんでか次も消えるのさ。だからいったんきれいにして、ほとぼりが冷めるまで空き家にしとく。人の住まいってのはそういうもんだ」

伯父の口調は淡々としてた。至極当たりまえのことを説く声だった。

なんとなく反論できなくなって、おれは訊《き》いた。

「ほとぼりが冷めるって、つまりいつまで？」

「――電話が鳴らなくなるまでだ」

え？　と訊きかえす前に、ベルの音がした。

チェストの上にあった固定電話だ。いまどき一人暮らしで固定電話持ってるって珍しいよな。そいつが、おそらく最小に絞った音量で鳴りはじめたんだ。

あまりのタイミングにおれが戸惑っていると、

「出るなよ」

と伯父は言った。

おかしな声だった。

いつもの伯父じゃないみたいな、突き放した声音だった。

電話はしばらく鳴っていた。だが、ほっといたらそのうち止んだよ。けっこう長く鳴ってたように感じたけど、実際は一分強ってとこだったろうな。

伯父は静かになった電話をじっと睨《にら》んでから、

「なあ、鳴ったただろ？」

ようやく振りかえって、にやりと笑った。

そのあとは軽口を叩《たた》く気も失《う》せて、黙々と片付け作業をした。食器は食器、本は本と段ボールにまとめて、生活雑貨や食料は捨てて――ああ、そういや冷蔵庫の中身も、卵や牛乳なんかの生ものがそのままになってたな。どれも消費期限以内だったけど、さすがにいただいていく気にはなれなかった。

その後の作業中も、電話は二回ほど鳴ったよ。

けど、伯父もおれも無視した。

いま思えば、それこそ反社会勢力方面とか、借金取りからの電話だったのかもしれない。ただのしつこいセールスだったのかもしれない。

でも、なんでかな。そんときはひたすら〝嫌〟だった。

電話そのものが気味悪かったし、嫌だった。

ちょっとうまく説明できないが、出たら断れない気がした。伯父の言うとおり、次はおれが消えざるを得なくなるような——よくない〝なにか〟を、引き受けてしまう気がした。だから二人で、聞こえないふりをするしかなかった。

全部の作業が済んだのは、午後六時前だったかな。暗くなる前に間に合わせたのは確かだと思う。

伯父から即金でバイト代をもらって、おれは自分のアパートに帰った。その日は朝まで携帯の電源切ってたよ。自分のは安全だってなんとなくわかってたけど、着信音そのものを聞きたくなかった。

いま？　いまはもう、例の部屋には新しい入居者が住んでるはずさ。

たぶん〝電話が鳴らなく〟なったからじゃないのかね。

いまだにあれがなんだったのかは知らない。誰がかけてたのか、なんの用件だったのか、前の住民はどうしたのか、知らないし知りたくもない。

ま、正統派の怪談だったら、ここで根掘り葉掘り伯父に尋ねて、それらしき由来のひとつでも引きだすとこだろうけどね。

でもおれはそんなこと、する気も起きないんだ。

語り終え、桑山さんは蠟燭《ろうそく》をひとつ吹き消した。

3

次に語ったのは、片貝璃子さんだった。

これは友達から聞いた話です。

っていかにも紋切型ですね、すみません。話半分に聞いてやってください。

ええとですね、その友達の先輩が在籍していた、某女子大の旅行サークルでのエピソードです。

もちろん全員女子で、メンバーは全部で三十人くらい。昨今の治安を考えてか、国内旅行限定のサークルだったと聞きました。

みんな仲がよくて、毎回最低でも十二、三人は集まっていたらしいから、そこそこの参加率と言っていいですよね。

で、旅行となればやっぱり写真じゃないですか。

最近はほら、SNSが発達したから、女子でもカメラが趣味っていう子が増えたでしょう。スマホでも撮れますけど、やっぱり一眼レフのほうが写りがいいし。そうそう、美肌レタッチ機能とかもありますよね。とくに動画編集が好きな子は、たいていデジタル一眼レフカメラを持ってます。

その一眼レフに備わってる、顔認識機能が問題だったらしいんです。サークルの中心人物――仮にA子としますが、その子をカメラのフレームに入れたときだけ、まわりに無数の顔認識表示が出る。そしてA子をはずした途端、周囲の顔認識表示がいっせいに消えるんだそうです。

最初のうちは、撮影者もみんなも「なにこれ気持ち悪い」なんて笑っていました。でも何十枚も撮っていくうち、どうやらA子がフレーム内にいるときだけの現象だと判明したんです。

一応、いろいろ試したみたいですよ。A子単体で撮ってみたり、人数を増やしたり、減らしたり。でも人数に関係なく、A子が撮影対象になったときだけ顔認識の枠が五つも六つも、ひどいときは十以上も表示される。

そうやって試しているうち、ふとメンバーの一人が気づきました。

A子と同学年のB子が、逆に顔認識されないことに。

いえ、B子単体ならちゃんと認識されるんです。他メンバーのC子やD子と一緒に写しても問題ない。

ただA子とB子を同じフレームにおさめたときだけ、B子の顔が認識されなかったんだそうです。代わりに背景の木や、建物や、薄暗いガラスの中に、顔認識の枠がいくつも浮かぶ。

A子とB子は仲のいいメンバーだったんですが、そんなことが何度も起こるうち、だんだん気まずくなっていきました。

これだけ聞くと、他のメンバーに忌避されるのはA子のほうだと思いますよね。でもA子はサークルの中心人物だったし、性格や力関係なんかもあって、退部していったのはB子のほうだったそうです。

そしてB子がサークルを辞めた途端、A子のまわりに顔認識の枠がいくつも浮かぶ怪現象はぴたりと止みました。

口には出しませんでしたが、みんなほっとしたようです。

サークルは前にも増して積極的に活動し、京都、金沢《かなざわ》、長野といった女性人気の高いスポットを中心に旅行エリアを拡大していきました。

B子はB子で旅行サークルのメンバーとは付き合いを断ち、それなりに楽しくやってたみたいです。インカレサークルのお誘いやら合コンやらと忙しくしているうちに、お互い気まずさやわだかまりも薄れていった。

そんなさなかの出来事だったそうです。旅行サークルが、宿泊先で事故に巻きこまれたのは。

高速道路での玉突き事故でした。重軽傷者七名、死者一名を出した大事故です。

業務上過失致死でのちに逮捕されたトラック運転手は、

「斜め前方になにか見えた気がして、脇見運転してしまった」

と供述したとか。

玉突きにより前後車両に挟まれて全損した車には、A子も乗っていました。

ただしA子は無事でした。

亡くなったのは、助手席のC子です。

直接の死因は脳挫傷《のうざしょう》および肺挫傷。肋骨《ろっこつ》や大腿骨頸部《だいたいこつけいぶ》、坐骨《ざこつ》も折れていたそうです。

運転していたのはD子で、彼女に過失はなし。A子は後部座席にいて軽傷でした。

事故直前、彼女たちはサービスエリアで写真を撮っていました。

のちにデータを確認すると、C子の顔だけが写っていなかったとか。

撮影したそのときは、ちゃんと顔認識されたらしいんですけどね。不思議ですよね。

不思議といえば、その後のB子の行動です。

事故の一報を聞くやいなや、

「ああよかった」

とB子は言ったそうです。

「やっぱりあの人たち、切っといて正解だった。こんなことになる気がしてたのよ」

と。

A子を心配したり、C子の死を悼む様子はまったくなかった。その態度に「ちょっとひどいんじゃない」と諫《いさ》める人が何人かいたようですが、B子は笑うだけでした。

なのにB子は、C子のお通夜にもお葬式にも出席したそうです。

C子の実家は飛行機でないと日帰りできない距離で、出席したのはサークルメンバーの三分の一以下。A子ですら出席しないお葬式だったらしいのに、です。

友達の友達いわく、

「事故そのものより、B子が気味悪かった」そうです。

自分が事故をまぬがれたのがよほど嬉《うれ》しいのか、嬉々《きき》として遠方まで飛んでいって、葬儀中の遺族の反応をいちいちうかがって、それをSNSでことこまかに報告して——。

その事故から、数年が経ちました。

B子はいまだに、A子をはじめとする元サークルメンバーとは直接の接触を絶っているようです。

ただしC子の命日には、お墓参りを欠かしていません。それどころか親族だけの法事に無理やり参加し、迷惑がられてもC子の思い出話を聞かせ、引き出物までもらって帰っていくと言います。

彼女のSNSアカウントでは、C子のお墓の横でまばゆいばかりの笑顔を披露する姿が、いまでも毎年確認できるそうです。

璃子さんが蠟燭を吹き消した。

彼女の横顔をシルエットに、銀冠の花火が咲いて散った。

4

次の語り部は、ぼくと一緒に来た古賀さんである。

彼はビールで何度か舌を湿らせて、緊張気味にしゃべりだした。

えー、話術には正直言って自信ありません。おれのたどたどしい語り口じゃ怖く聞こえないでしょうが、お招きにあずかりましたので一応話させていただきます。

以下は、従兄《いとこ》の友人の体験談です。

その友人は小中学校ともに校区内の公立に通っていまして、高学年になると近所の低学年の子を先導しながら集団登校するのが決まりでした。

彼が先導役に就任したのは、五年生の春でした。新一年生、二年生、四年生、そして彼という編成の登校班です。

もちろん横断歩道を渡るときは黄いろい旗を持って、通学路に沿って歩くのが決まりでした。しかし彼が最年長になり、その年から自由がきく立場になった。

だから四年生の子に「近道しようよ」と提案されて、

「おう、いいぞ」

咄嗟《とっさ》に彼はそう言ってしまったんです。

リーダーになって気が大きくなっていたし、年下の子に臆病者《おくびょう》だの真面目クンと思われたくなかったんでしょう。

前のリーダーと違っておれは融通がきくぞ、ちょっと悪いことも教えてやれるぞ、くらいの気持ちで、彼は班が通学路からはずれるのを承諾しました。

近道というのは、いわゆる私有地を突っ切って行くルートです。

信号で立ち止まらずに済むよう、家と家の間にある細道や、塀の隙間を縫って進む。さすがに人の家の庭に侵入したりはなかったそうですが、小学生だからぎりぎり許された行動でしょうね。

ちょっとしたスリルや背徳感を覚えつつ、彼らは愉《たの》しんで登校しはじめました。

毎日同じ道ではつまらなくなって、次第に幾通りかのルートを模索するようにもなりました。吠《ほ》える犬がいる家の前をわざと通ったり、ブロック塀の上を渡ったりといった、度胸試し的な要素を加えていったんです。

そんな日々の中、彼らはある家を見つけました。

一見、ごく平凡な家だったそうです。

白っぽい壁で、木造の二階建て。庭は手入れされていたし、ふつうに人が住んでいる様子でした。どの窓もレースのカーテンと遮光カーテンが二重にかかって、ぴったりと閉ざされていました。

でも二階の一番端の窓だけ、なぜかカーテンが掛かっていなかった。

朝でしたから室内は薄暗くて見えませんでした。しかし夜になって部屋の電灯をつけたなら、外から丸見えのはずです。

使っていない部屋なのかな、と彼は思いました。

だから見られても平気なのかな、と。

そうして年下の子たちを振りかえり、彼が「来い」と手まねきしたとき、

「——あの窓、怖い」

二年生の子がぽつんと言いました。

「え？」

「怖いよ。あそこ——あそこは、駄目だと思う。早く行こうよ」

二年生の子がそう言って急《せ》かします。

しかしさっきも言ったように、登校はちょっとばかり度胸試しの要素を含みはじめていましたし、リーダーになった彼は、年相応に悪ぶりたかったし偉ぶりたかった。

第一その窓には、なにも見えなかったんです。誰かがこっちを見おろしているだとか、おかしなものが置いてあるだとかもなかった。

彼は四年生と一緒に、

「なにびくついてんだ」

「なんもないじゃんか。ビビり野郎」

と二年生の子を嘲笑《あざわら》い、わざと数分家の前にとどまって、さんざんにからかってから

その場を離れました。

二年生の子が発熱したのは、その夜だったそうです。

翌日も、翌々日も熱は下がりませんでした。一週間経っても、登校班は一人欠けたままでした。

なんとはなし彼は罪悪感を覚えました。四年生も同様だったらしく、彼らは気まずく押し黙って登校しました。ただし正しい通学路に戻ることはなく、相変わらず私有地を突っ切って学校へ向かっていたといいます。

二週目に入って、二年生はようやく治癒しました。

だがふたたび登校班に戻った彼は、以前と性格が変わっていました。無邪気でおしゃべりな子だったのに、口数が減り、人と目を合わせなくなりました。

クラスの子や教師は、「熱が高すぎたのがよくなかったんだろう」と噂したそうです。

彼はそれに何度か反論しかけ、やめました。

自分でもどう説明していいかわからなかったし、じゃあ誰の、なんのせいなんだと問われても答えられそうになかったからです。

彼らは四人で登校をつづけました。以前ほどの団結はないながらも、解散することもありませんでした。

七月になって、学校は夏休みに入りました。

彼は登校班のことなど忘れて遊び呆《ほう》け、海で真っ黒に日焼けし、祖母の家でクワガタ採りに精を出し、従兄弟《いとこ》たちと川釣りにいそしみました。

そうして九月一日に、彼は知りました。

二年生の子が死んだということを。

突然死だったそうです。ある朝、親が起こしに行ってみると、ベッドの中で冷たくなっていたんだとか。

なにかの加減で心臓が止まったのだろう――とのことでしたが、その〝なにか〟がなんなのかは、医師にも断定できませんでした。

以後、登校班は三人になりました。

秋が来て、冬になって、春が訪れて、彼は六年生に進級しました。

近所に新一年生はいなかったので、班は三人のままでした。彼らは私有地や塀と塀の間を通りつづけ、そしてある日。

くだんの家の前を、ふたたび通りかかりました。

二階の端の窓にはやはりカーテンが掛かっていませんでした。

ふと、その年に二年生になった子が――去年は無反応だったはずの子が、彼のシャツを摑《つか》んで言いました。

「あの窓、怖い」

彼らはその場から走って逃げました。

しかし窓が怖いと言った子は、やはりその夜に高熱を発した。

熱は、十日以上下がりませんでした。

快癒した少年は、前と同じく人が変わってしまったそうです。弱いものいじめをするようになり、虫の足をちぎったり、火遊びを好む子になったといいます。

夏休み明け、彼は再度の訃報《ふほう》を聞きました。

死んだのは例の二年生になった子です。今度は原因不明の突然死ではなく、事故でした。

町内で起こった火災を野次馬しに行き、なぜか燃えさかる家に飛びこんでいったのだそうです。止める間もなかったそうで、鎮火後に黒焦げになって見つかりました。

登校班で残るは、彼と一つ下の子だけでした。

となればどちらも高学年なので、連れ立っていく必要はない。

登校班は自然と消滅し、彼は通常の通学路を使って登校するようになりました。卒業して、中学生になっても、その習慣は変わらなかったようです。

さらに年月が流れ、彼は進学を機に実家を離れました。

彼の兄は地元にUターン就職して結婚したけれど、彼は進学先の県で職を見つけ、滅《めっ》多《た》に帰省しなくなりました。

十年も経つと、なぜ故郷に帰りたくないのか、その理由を彼はすっかり忘れてしまった。ただ両親の、

「こっちで見合いでもしないか」

という誘いは、かたくなに断りつづけました。

有休消化のついでに、ある年、彼は一泊の予定で実家に帰省しました。

しばらく会わないうちに兄の子はすっかり大きくなっていて、二人目を妊娠中の兄嫁は体調が悪そうにしていた。自然と甥《おい》っ子《こ》の世話を引き受ける羽目になり、彼はさて公園にでも連れていくかと、外へ出て歩きだしました。

七歳のわりに甥っ子は小柄な子でした。

せがまれて、彼は甥っ子を背中におぶってやった。うろ覚えの道をたどり、公園に向かっていると、ふいに甥っ子が言いました。

「帰ろう」

「え？」

「だって、あの窓——怖い」

ちいさな指がさした先を見て、彼は愕然《がくぜん》としました。

そこにはあの家がありました。

白っぽい壁の木造二階建て。手入れされた庭。どの窓もレースと遮光のカーテンが二重にかかっているのに、二階の端の窓だけ室内が剝《む》き出しで。

その瞬間、窓を見上げて彼は思ったそうです。

——ほんとうだ、怖い。

と。

今年小学二年生になったばかりの甥の目を透かして見たかのように、そのときの彼にはわかった。理解できた。

あの窓は、いけない。

なにかの視線を感じるとか、存在を感じるとかじゃない。そんなのではなくて——ただ、怖い。

彼は甥っ子を背負い、走って家に戻りました。

甥っ子はその夜に発熱しました。彼は度を失い、

「救急車を呼ぼう」

「甥が死んでしまう」

と両親に摑みかからんばかりに狂乱しました。

結果的に言えば、甥は無事でした。

だが代わりに臥《ふ》せっていた、妊娠七箇月の義姉が胎児を死産したそうです。すでに性別が判明しており、男の子でした。

くだんの家と二年生になる男児と、流産の因果関係については現在もわかっていません。

しかし彼はその後一度も帰省していないし、今後結婚する気もないと言います。

「男の子が生まれても、おれには守りきれないかもしれないから」

が理由だそうです。

古賀さんは蠟燭《ろうそく》を吹き消した。

5

ここで百物語は小休止となり、花火観賞と歓談の時間が挟まれた。

「エアコンの設定温度、何度だ? ちょっと暑くないか?」

Tシャツの衿《えり》を伸ばしながら桑山さんが言う。矢田先生がにやりとして、二人掛けソファの八神さんたちを指した。

「そこのベストカップルのせいじゃねえか」

「あ、そうか。自動で室温上げられてますね」

桑山さんと矢田先生が顔を見合わせて笑い、まわりが苦笑する。

「ちょ、やめてくださいって」

冷やかされた八神さんは耳まで真っ赤だ。

「おれをからかうのはいいですけど、灘は勘弁してやってください」

その斜め向かいでは小山内さんがなにか言いかけるたび、藍さんが「まあまあ」と紙コップを押しつけ、鈴木くんが「まあまあまあ」と酒を注ぐという連携プレイが繰りかえされている。

「ごめん、灘」

八神さんが小声で謝った。

灘さんが目を合わせず首を振る。

「いえ、そんな。——あの、わたしは、ぜんぜん嫌じゃないですから」

「え、あ、そう？」

ふにゃっと八神さんの眉《まゆ》が下がる。

「お、おれもだよ。うん、ぜんぜん嫌じゃない、よ」

「そうですか。よかった」

「うん。おれも、よかった」

しきりにもじもじと恥じらう二人の背後で、花火がたてつづけに上がる。夜空に金の菊や、真紅の牡丹《ぼたん》が咲き誇っては消える。

「……あいつらを見てると、胸焼けがするんだが」

泉水先輩が黒沼さんにささやいた。

「そうかなあ。ぼくは楽しいよ」

「おまえは昔からそうだ。趣味がよくない」

「そこはまあ否定しないけど」

ぼくは泉水先輩の言うことも、黒沼さんの言うこともわかるかなと思った。怪談語りの最中も、じつを言えば八神さんの挙動が気になってしかたなかった。

暗闇に乗じて灘さんの手を握ろうと試みては諦《あきら》めたり、怪談の佳境で花火の音が鳴るたび飛びあがったりと、八神さんは忙《せわ》しなくも微笑ましかった。半面、じれったいと苛《いら》立《だ》つ心境も理解できた。

「エアコンの設定、二十三度に下げますね」

璃子さんが宣言した。

「冷え性の人には膝掛《ひざか》けありますから、いまのうち取りに来てください。女子の人数ぶん揃ってますからねー」

泉水先輩と八神さんが立ちあがる。

八神さんは当然、膝掛けを灘さんに手渡した。泉水先輩は藍さんと黒沼さんを一瞬見くらべ——藍さんに「結構です」のジェスチャーをされた。あたたかそうな膝掛けは、黒沼さんのもとに渡った。

「もしかしてエアコンの風が直撃してるか？　場所代わるか」

「いや平気」

その会話に、相変わらずの関係なんだなあとぼくは思う。

ぼくこと内藤彗は、彼らと同じ理系の男子校に通っていた。ぼくが一年生のとき、黒沼麟太郎さんは三年生、黒沼泉水先輩は二年生。どちらも学校きっての秀才かつ、有名人だった。

二人が従兄弟《いとこ》だと知ったのは、入学してだいぶ経ってからのことだ。

教頭先生が廊下で、

「おい、黒沼ジュニア」

と泉水先輩を呼びとめているのを聞いたのだ。

「おまえんとこの本家従兄《いとこ》、なんとかしろ」

「善処します」

という会話で、関係性がわかった。

正直、似てない従兄弟だと思った。いつも愛想よく眼鏡の奥で笑っている小柄な黒沼さんと、仏頂面がトレードマークで威圧感ある美丈夫の泉水先輩。本家と分家で上下関係があることは、さらに後日知った。

黒沼さんたちがいる三年と二年は、とにかく仲がよかった。

つねに学年全体がまとまっていて、楽しそうだった。

ゴールデンウィーク明けには『将棋VSチェス大会』が開催された。それが終わると全校参加どころか、教師までエントリーの麻雀《マージャン》大会が催された。

夏前には機械工作部が『全日本ロボット相撲大会』高校の部で勝ち進むべく、全校をあげての支援がはじまった。

それと並行して闇の賞金付きの大真面目なディベート大会が、『猫派と犬派』、『蕎麦《そば》派とうどん派』をテーマにはじまったり、突然に『ミスターボディビル選手権』が催されたりと、イベントが目白押しだった。

企画と主催はつねに三年生、いや黒沼さんだった。教師たちは「あの学年だけはまったく」と苦笑いしながらも、各大会にちょこちょこ参加していた。

そんな先輩を仰ぎ見ながら、ぼくたちの学年は平々凡々に過ごした。

クラス間の交流はほぼなかった。学年全体でなにかに打ちこむこともなかった。つまらなかった。

ぼくたちは上級生が立ち上げるイベントのおこぼれを、ほんのちょっぴり楽しむだけだった。三年生のことを陰で、

「ガキくせーよな」

「馬鹿みてえ」

と冷笑する同級生もすくなくなかった。なにもしないのに、文句だけは一丁前のやつらだった。

黒沼さんが卒業してしまうと、それまで毎月のように催されていたイベントは嘘のように激減した。

さらに泉水先輩の代が卒業すると、学校はおそろしく平穏で、単調で退屈になった。

「これで一安心」

と教師は胸を撫《な》でおろしていた。しかし横顔に、はっきりと寂しさが浮いていた。

ぼくたちは最後の一年を、淡々と無味乾燥に過ごして高校を去った。それがいまから

四年前のことだ。

ふいに、藍さんが立ちあがって手を叩《たた》いた。

「さて、そろそろ百物語を再開しまーす。みなさん席に戻って。ええと次は、小山内くんの番だっけ？」

彼女の白い片頬に、花火の金桃いろが反射した。

6

小山内さんは語った。

あまり話術には自信ないので、笑わずに聞いてもらえれば嬉《うれ》しいです。

ええと、これは二歳下の妹から聞いた話でして、一応主役となる男子学生は実在しているようです。とはいえ片貝さんと同様、話半分に聞いてやってください。

いま妹は関東のある大学に通っています。

そこの薬学部に、二年休学してから復学した男子学生がいるのだそうで、彼が今回の怪談の主役になります。

休学前の彼を、妹は知りません。だが周囲の評判によれば、入学当時はわりに地味な学生だったようです。

すくなくとも遊び人ではなく、一年の初冬までは真面目に講義に来ていたと言います。バイトを変えてからは髪を染めたり、時計に凝ったりと垢抜《あかぬ》けてきてはいたが、

「まあよくある大学デビューだろう」

とみんな思っていました。

だが次第に彼は講義を休みがちになり、しまいには休学してしまった。そのときも周囲は「病気でもしたんだろう」と思っていたそうです。

しかし二年のブランクを経て戻ってきた彼は、とうてい病人とは思えませんでした。金に近い茶髪で、両耳合わせてピアス三つ、肩にタトゥーまで入っていた。

当然みんなは驚きました。だが「なにがあったのか」とはなんとなく尋ねづらい雰囲気で、しばらくは遠巻きにしているしかなかった。

そんな最中、とある飲み会が催されました。

そこで酒の勢いを借りた一人の学生が、

「おまえ、二年の間になにがあったんだよ？　まるで別人になってたからビビったぜ」

と話しかけたんです。

彼は言葉を濁して、言いづらそうにしていたそうです。

だがやがて、同じくアルコールの力で、ぽつりぽつりと口を緩ませていきました。

「恥ずかしいし、おかしな話だからたぶん信じてもらえないと思うけど……」

そう前置きしてしゃべったのが、以下の話です。

二年前の夏の夜、彼はバイト帰りに歓楽街を歩いていました。

そこで彼は、路上スカウトに声をかけられたのだそうです。いわゆるホストクラブ——いや、メンズキャバクラってやつのスカウトだったとか。

メンズキャバクラとホストクラブがどう違うのか、おれにはよくわかりません。ともかく接待する側が男性で、客が女性という形態は同じなようです。おれもたまに声をかけられることがあるんですが、あの手のスカウトマンってほんとうにしつこい——って、これはどうでもいいですね、すみません。

話を戻しますが、さっきも言ったように本来の彼は真面目な学生でした。でも背が高くて、容貌《ようぼう》もなかなかに整っていた。いわば、磨けば光る原石だったんでしょう。

「ホストクラブと違ってメンキャバは学生バイトが多いよ。時間制だからヤバいことにもなりにくいしね。ボーイズバーとたいして変わんないんだから、ほんとに」

そんなスカウトマンの口車にのせられて、彼は店に足を踏み入れました。

そうしたら、あれよあれよという間に店長がやってきて、なし崩しに面接がはじまってしまった。

「いや困ります」

「べつに働くつもりは」

と最初は断っていた彼ですが、いざ日給を聞いて心が動きました。

「初月は入店祝いとして三万円が付いて、月の最低保障七万円プラス日給八千円、きみの働き次第では、そこに指名料やら各種バックも付くよ」

なんてまくしたてられ、ちょうど実家に帰る交通費が欲しかったせいもあって、

「じゃあとりあえず、体験入店から」

と答えてしまったんです。

その日を境に、彼の世界は一変しました。

まず見た目が変わった。先輩キャストのアドバイス通りに髪型を変え、服を買い替えた。先輩のお下がりのアクセや時計を着け、香水に凝るようになった。

酒の量がぐんと増え、しゃべりかたや態度が変わり、女性受けする話題や流行に敏感になった。

生活はどんどん昼夜逆転していき、講義をさぼりがちになった。なにより金遣いが荒くなった。

こうなればもう、地道に大学生なんかやっていられません。

また素質もあったみたいで、指名客は増える一方だったそうです。

ホストに付くお客というとお金持ちの有閑マダムみたいなイメージがありますが、実際はそうじゃなく、同業のホステスやキャバ嬢が八割だとか。

彼女たちは寂しがりやで、派手に騒ぐのが好きで、お金を持っています。

「女がオッサンからかっぱいだ金を、さらに巻き上げるのがおれたちだ。こうして日本経済は回ってんだよ」

というのが店の先輩たちの決め台詞《ぜりふ》だったそうで……。苦笑いしちゃいますよね。でも彼は、そんな世界に急速に染まっていきました。

もとはといえば、彼が実家に頻繁に帰りたがっていたのは、地元に恋人を残してきたからなんです。その交通費を稼ぐためのバイトだった、はずでした。

しかし彼は華やかな夜の世界に慣れてしまった。

帰省して田舎の恋人に会うたび、彼は幻滅していきました。

こんなみすぼらしい女だっただろうか。なんてつまらない話しかしないんだろう。ファッションも仕草も野暮ったくて、まるで洗練されていない。行く店といえばファストフードだのファミレスだの、貧乏くさくてたまらない。

とはいえ、すぐ別れる気にもなれなかった。やはりそこは罪悪感があったんですね。それにこの時点ではまだ、彼は指名客と一線を越えていなかったそうです。恋人の存在もありましたが、店の先輩から、

「客と軽がるしく寝るな」

と釘《くぎ》を刺されていたのが大きかったんです。

だが彼はさらに指名数を伸ばしていきました。生活は派手を通り越して、放埒《ほうらつ》になりました。

エルメスやフィリップリムといったハイブランドで身を固め、車一台がゆうに買える値段の時計を着け、学生用アパートから高層マンションへ移り住み、ピアスを開け、タトゥーを入れ……。

そんな毎日の末、彼はついに休学を選びました。

休学届の保証人欄のサインは、さすがに親に頼めず、店の社員に偽造してもらったと言います。

そこが分岐点でした。

みなさんもご存じと思いますが、翌日が平日か休日か、講義や仕事を気にかける必要がありやなしや、というのは生活の重大事です。その点がクリアされてしまえば、当然酒量は上がるし、羽目をはずしがちになります。彼もそうでした。

休学してすぐのことです。

店で記憶が寸断するほど深酒をして、気づいたら彼は——女性が多い場なのにすみません——ホテルのベッドの上でした。

喉《のど》の渇きを覚えてふと目を覚ますと、視界いっぱいに知らない天井があったそうです。

そして隣には女性の腕があった。

ああそうか、とすぐに彼は悟りました。ああそうか、ついに禁を破って客とホテルに来てしまったのか、と。

しかし後悔はさほどなかった。いずれはこうなる流れだったんだと思いながら、彼はベッドサイドに置いたグラスに手を伸ばそうとした。

途端、彼はぎくりとしました。

室内にもう一人いるのが見えたからです。

女でした。

薄暗い照明の中、壁に背を付けて立っています。

髪は半分がた白髪でした。痩《や》せこけて、シャツの衿《えり》から胸骨が浮きあがり、筋張った首にナイロンロープが絡みついています。そしてなぜか、眼窩《がんか》からこぼれ落ちそうなほど目を見ひらいて、彼をまっすぐに睨《にら》んでいた。

白髪のせいで年齢のほどはさだかでない。年寄りにも思えたし、意外に若いのではとも思えました。

ホテルに憑《つ》いた霊だとは、なぜか思わなかったそうです。彼の頭に真っ先に浮かんだのは、故郷の恋人でした。

彼女はあと二、三十年したらこんな女になるのではないか。

いや故郷でおれを待つうち、すでにこんな白髪だらけのやつれた女になっているのではないか――。

そう考えると、ぞおっと身の毛がよだった。

女の姿は、数回まばたきする間に消えました。それが彼をさらに慄然《りつぜん》とさせたけれど、酒が入っていたせいもあり、自然とまた寝入ってしまいました。

再度目が覚めたときには、

「ただのつまらない夢だ。もしくは目の錯覚だ」

としか思えなかったそうです。

窓から射しこむ朝日、無機質なホテルの内装。すべてが白じらとして、一瞬でも怯《おび》えた自分が途方もない間抜けに思えた、と。

彼は一緒に泊まった女性客と部屋で朝食をとり、チェックアウトして帰宅しました。支払いはむろん、すべて客の財布からでした。

そこからは坂を転がり落ちるようでした。

彼は太客《ふときゃく》と次つぎに体の関係を持ちました。時計を買ってもらい、靴をあつらえてもらい、車を当然の権利のごとくおねだりしました。

そんな彼の前に、半白髪の女の幻は頻繁に現れました。

しかし三度、四度と見るうちに、彼は慣れて麻痺《まひ》していったと言います。

幽霊だか生霊だか知らないが、なにができるわけでもあるまい。第一故郷の彼女はおれにべた惚《ぼ》れだ。危害など加えてくるはずがない。ああやって壁際で睨むくらいが、関の山なのだ――と。

彼はふっきれた思いで、ようやく実家へ電話をしました。休学したことを報《しら》せ、しばらく帰れないと一方的に言って通話を切った。

彼女には電話でなく、メールをしたそうです。

「もう住む世界が違う、おまえに気持ちはない、いい思い出で終わらせたいからゴネないでくれ」

と打ち、送信直後に電話もメールも着信拒否設定にした。

ほっとすることに、彼女からの返信はありませんでした。公衆電話や非通知からの無言電話もなく、非登録アドレスからのメールもなかった。

彼は胸を撫《な》でおろし、華やかな水商売の日常に戻りました。

メールで別れを告げたのと同時に、半白髪の女がホテルの部屋に現れることもなくなった。

やはりな、と彼は納得したそうです。やはりあの女の生霊だったんだ、と。

気づけば休学して一年半が経っていました。彼は店のナンバーツーにまで上りつめていたそうです。

そんな彼にある日、他店から声がかかりました。

引き抜きの誘いです。

歌舞伎町《かぶきちょう》に本店を構える、その業界では名の知れたホストクラブでした。移籍に応じれば収入は二倍、いや二・五倍は確実です。

だが彼は迷いました。

いまの店には恩がある。なによりホスト一本でやっていく自信はなかった。

もとはといえば彼は、国立薬学部現役合格の青白き秀才です。いかに華やかな世界に目がくらんでいるとはいえ、有名店の正ホストとして契約してしまえば後戻りできないことくらいわかっていたんです。

「すこし考える猶予をください」

そう言って彼はその場をやり過ごしました。

その夜マンションに戻り、携帯電話を前に彼は悩みました。親と久しぶりに話し、声を聞いたら答えが出るのではと思ったのです。

さてどうしようと電話を睨んでいると——。

突然、首すじがひやりとしました。

彼は振りかえります。

例の半白髪の女が、ベランダにいました。

女はガラスに額と両掌をべったりと押しつけていた。彼を無言で、穴が開くほど凝視していた。彼は悲鳴をあげ、咄嗟《とっさ》にガラスを蹴《け》りました。

ふっと女はかき消えました。

彼は動転しました。それまで半白髪の女はホテルにしか現れたことがなかった。背を壁に付けて、やや遠くから睨んでいるだけでした。ついに部屋にまで出てくるようになったかと彼は怯え、いまさらながら激しい恐怖を感じました。

親にだけ電話しようと考えたからではないか。元恋人を思いださなかったから怒ったのではないか——そうとしか思えませんでした。

しかし彼の胸に湧いたのは後悔や憐憫《れんびん》ではなく、怒りでした。

冴《さ》えない田舎娘のくせに一丁前に恨みやがって。調子にのるな、おまえなんかになにができる——と、彼は今度こそ彼女の番号とアドレスを削除してしまいました。

ホストクラブのオーナーから、

「東京へ一晩、遊びにこないか」

と直々の誘いがあったのは、翌週のことです。

オーナーは五十代の、いかにも野心満々といったふうな男でした。押し出しとアクが強く、世話好きで親身なふりをするのが上手《うま》い。立身出世した親父によくいるタイプですね。

顔を合わせたのは、銀座《ぎんざ》のフレンチレストランです。

オーナーは、本店のナンバーワンホストを連れてきていました。高いワインを開けてもらい、彼はホストの自慢話をひとくさり聞きました。

口直しのソルベが出たところで、

「紹介しよう」

オーナーが言います。

「この店は家内が経営している店でね。おまえ、ご挨拶《あいさつ》しなさい」

オーナーにうながされて奥から進み出てきたのは、スーツ姿の女性でした。

彼は息を呑《の》みました。

まぎれもなくその女性は、例の半白髪の女だったからです。白髪はきれいに染められ、仕立てのいいスーツを着込んで、顔には笑みを浮かべていました。でも彼にはわかりました。あの女だということが。

——ああそうか。

彼は思いました。

——おれはきっと、このオーナーのホストクラブに籍を移すのだろう。そこで売れっ子になり、何人もの客と寝て、いずれはこの女とも寝てしまうのだろう。女はおれに本気になり、白髪を染める間もないほど執着し、昼も夜もおれに付きまとう。おれは女が邪魔になって、追いつめられて、そしてナイロンロープで首を——。

「移籍すればどれほど稼げるか、どんなにいい暮らしができるか」

オーナーとナンバーワンホストがかき口説くのを右から左へ聞き流しながら、彼は決心したそうです。

帰って、すぐにいまの店を辞めよう。親にすべて打ちあけて、何年かかってもいいから復学しよう。

針に糸が通ったように理解できる。

——おれは目の前の女と、知り合ってはいけない。

決心のとおり、彼はただちに店を辞めて水商売から足を洗いました。

親にはこっぴどく叱られ、呆《あき》れられたが、さいわい見捨てられはしなかった。

元恋人の彼女はといえば、とっくに新しい彼氏ができて楽しくやっていました。顔だけでも見たいと頼んだが、すげなく断られたそうですよ。

彼が復学したのは、退店から半年後です。

「そういうわけで二度目の二年生なんだ」

と語った彼に、妹は尋ねました。

「オーナーの奥さんの霊は、それっきり出なくなったんですか？」

彼は答えた。「たぶん」

「たぶんって？」

「たまに気配を感じることもあるけど、振りむかないようにしてるから。でも新しい彼女はまだつくらないと決めてる。こんなふうに言うと自意識過剰に思われるだろうけど――、きみも、あんまりおれと長く話さないほうがいいよ」

忠告どおり、妹はそっと彼から離れたそうです。

「ほんとうの話だったら気味が悪いし、嘘だったとしても、そんな嘘をつく精神構造が気持ち悪いから」

だそうでね。……納得です。

小山内さんは蠟燭《ろうそく》を吹き消した。

7

次の語り部は佐々木汐里《ささきしおり》さんという女子学生だった。

「みなさんと違ってしょぼい話で恥ずかしいので、手短に済ませますね。でも神に誓って、これはわたし自身の体験談です」

うちの実家で飼っていた犬の話をさせてください。

名前はロミ。名づけたのは祖父でした。

ロミー・シュナイダーという、フランス映画の女優からとったそうです。残念ながらあんな美人じゃなかったし、そもそもオスだったんですけどね。柴犬《しばいぬ》っぽい顔をした雑種で、気性の穏やかな子でした。

うちに来たのは、わたしが四歳のとき。

近所で生まれた子をもらったんです。ちょうどうちも弟が生まれたばかりだったので、ロミと弟は文字どおり兄弟のように育ちました。

実際、ロミは自分を弟の同胞で、同格だと思ってたんじゃないでしょうか。

「姉ちゃん、姉ちゃん」

と弟がわたしのあとを追うたび、決まってロミも追っかけてきましたから。

うちは共働きで母の帰りが遅かったせいで、弟はちょっとシスコン気味だったんです。甘えられる相手がわたししかいなかったんですよね。

弟がわたしに甘えれば、ロミも真似して甘えてくる。弟がわたしと遊びたがれば、ロミも遊びたがる。万事においてそんなふうでした。

でも四歳違いの差って、子どもの頃は大きいんですよ。こっちが小一のとき弟は、まだたったの三歳ですもん。

そりゃ弟の相手をしなきゃいけないのはわかってるけど、わたしだって学校の友達と遊びたいわけです。三回に一回は弟たちをまいていたら、向こうも学習したようでした。わたしが出ていけないよう、靴を隠すようになったんです。

「お母さん、また弟が！」

と帰宅した母に泣いて言いつけても、

「たった三つで作戦を練るなんて、賢い子たちじゃないの。あんたに家にいてかまって欲しいんさ」

なんて笑われただけでした。

まあ、わたしだってじきに慣れて、家のあちこちに靴を隠しておいたり、窓から脱出したりと対策を講じはじめたんですけどね。

攻防は弟が小学三、四年くらいまでつづいたのかな。さすがに高学年ともなると、「姉ちゃん、姉ちゃん」じゃなくなりました。ミニバスサークルに入ったこともあって、世界が一気に広がったみたいです。

でもロミはそうじゃなかった。

ロミはわたしのだけじゃなく、弟の靴も隠すようになりました。スニーカーもローファーも、ご丁寧にサンダルやクロックスまで。それも親の靴はちゃんと避けて、わたしたちのだけ隠すんです。

「やっとわたしの気持ちがわかったか」

って笑ってやったら、弟は「うるせえ」って口を尖《とが》らせてました。

また弟の指導の賜物《たまもの》か、ロミは隠すのが絶妙に上手《うま》くてね。あの手この手の攻防戦があって、それはそれで楽しかったです。高い靴が買えないのがちょっと困りものでしたけど。ロミが噛《か》んでぼろぼろにしちゃうから。

そんなロミも、わたしが高校生になったあたりから急速に老けこんできました。

中型犬の寿命は、俗に十一年から十三年。

雑種はすこし長くて十五年だそうです。

ロミはわたしが四つのときにもらわれてきたんだから、当然こっちが十六になれば十二歳です。いつの間にか、すっかりおじいちゃんになっていました。

「年寄り扱いすんな。まだまだ元気なもんだよ」

なんて弟は言ってましたが、ロミが寝てばかりいるようになって、抜けた歯を吐きだしたり、散歩に行きたがらなくなった姿を見て、さすがに認めざるを得なかったようです。

ロミはゆったりと老い、死に向かっていきました。

死ぬ間際はろくに食べず、弱よわしく鳴いてばかりでした。目だってほとんど見えなくなっていたはずなのに、家族の顔を順ぐりにじっと見つめたりしてね。

ロミが死んだのは、冬の朝でした。

わたしは高三、弟は中二になっていました。

その三箇月後、雪大に合格してわたしは実家を出ました。憧《あこが》れの一人暮らし、ってやつです。

最初のうちは「楽しい、気楽、自由」ばかりでした。意味なく夜更かししたり、わざと不規則な時間に食べたりと、実家でできなかったことをやっては浮かれていたものです。

でもやっぱり、半年もするとホームシックが芽生えてくるじゃないですか。

大学に友達ができたし、バイト仲間とも馴染《なじ》んできた。でも実家にいた頃とは、やっぱり違う。

なんていうか、たまに寂しさがわーっと襲ってくるんですよね。支えがないっていうか、よりどころがない感じ。

アパートに一人きりで、壁越しに隣の部屋のテレビの音がかすかに聞こえて、なんだかすごく寂しくなったとき――。

ふっと思ったんです。ここにロミがいたらなあって。

「ロミ」

ほとんど無意識にそう呼んだ瞬間。

手を、甘噛《あまが》みされる感触がはっきりとありました。

驚いてすぐに手を引っこめましたが、いまでもあれはロミの歯だったと思っています。ロミの噛みかたでした。

わたし、動転しちゃって——。

でも一人暮らしだし、訴える相手が誰もいないわけです。しいて言えば弟くらいだけれど、あの子も高校受験で忙しい身だったし、馬鹿げた話で邪魔するわけにはいかなかった。

しかたがないのでその場で、数回深呼吸しました。

でもやっぱりいまひとつ落ち着かなくて、

「そうだ、外の空気を吸ってこよう」

と思ったんです。夜気で頭を冷やして、ついでにコンビニで明日の朝食でも買ってこようって。

いい考えに思えました。すぐに部屋着の下だけをジーンズに穿《は》きかえて、肌寒いのでカーディガンをはおって、玄関へ向かいました。そうしたら。

靴がなかったんです。

三和土《たたき》に並んでいるはずのスニーカーも、ローファーもミュールも。

当時のわたしはその三足だけを履きまわしていました。ナイキのスニーカー、ハルタのローファー、ノーブランドのミュール。その三足ともがないんです。煙のように消え失《う》せていました。

泥棒だとは、なぜか思いませんでした。

――ああ、やっぱり。

そんな思いだけがありました。

やっぱりロミだ。ロミがここに来ているんだ、と。

すぐさま部屋に戻り、お皿に水を汲《く》んで床に置きました。ロミのぶんです。同じように、わたしも水をグラスに一杯飲んでベッドに入りました。

その夜の寝つきがどうだったかは、覚えていません。でも寝苦しいと思った記憶はないから、きっとすぐに寝入ったんでしょう。

翌朝起きると、三和土には靴が戻っていました。

スニーカーも、ローファーもミュールもです。さいわいなことに、犬が嚙んだ跡はありませんでした。

ただお皿の水はなくなっていました。飲みほしたように、きれいに空になっていたんです。

この話は、誰にもしませんでした。

信じてもらえないだろうと思ったんじゃなく、なんというか、胸にしまっておきたかったんです。でも今年のお正月に帰省したとき、ふと、なんとはなし弟に話してしまいました。

そしたらあの子、驚く様子もなく「ああ、わかる」って言うんですよ。「ロミのやつ、おれが高校に入学するまではそのへんに〝いて〟くれてたよ。合格してからすーっといなくなったけど」って。

弟が心配だったんでしょうかね。そして弟を見張るかたわら、息抜きにわたしと遊びたかったのかもしれません。

残念ながらわたしのもとに現れたのは、それ一回きりです。

大好物だったバナナを写真立てに供えておいても、水のお皿を置いておいても、あの日のように減っていることはありません。

でも、それでいいんだと思っています。

佐々木さんが蠟燭《ろうそく》を吹き消した。

大きな花火が、どんと鳴った。

8

次は非常勤講師の矢田先生の番だった。

「ちと反則かもしれないが、こいつを披露したい」

そう言って彼が取りだしたのは、ICレコーダだった。

「三日以上の連休があれば、たいていおれはバイクであちこち走りまわってる。あてどもなく出かけて、泊まる場所はいきあたりばったりの気ままな旅だ。金がありゃビジホに泊まるし、なけりゃあ公園かサービスエリアで野宿さ。馴染みの学生の実家や、その場で知り合った人に泊めてもらうのもしょっちゅうだな」

彼はICレコーダをテーブルに置くと、

「泊めてもらった家では、各地元の面白い逸話が聞けることが多い。そういうときは了解を得て、なるべく録音することにしてるんだ。あとでしらふになって聞くと、なかなか趣深いもんだよ。

とまあ前置きが長くなったが、今回聞かすのはその中のひとつさ。おれが下手な話をするより、録音をそのまま聞いてもらったほうが臨場感があるだろうからな。――あ、言っとくが犬の話のあとにこれってのは、単なる偶然だぞ」

と言って再生スイッチを押した。

流れだしたのは、しわがれた老人の声だった。

年寄りの昔話で恐縮です。

いえね、怪談とはっきり言いきれる話でもないんですよ。理屈はいかようにも付けられますが、推測抜きでつらつら事実を語っていきますと、なんだか気味の悪い話というだけなんです。

いまは昔、辛酉年《かのととりどし》のことでございました。

この町にはさして大きくもないお武家屋敷がありましてね。中川《なかがわ》さまという旗本が住んでおられました。

旗本と言ってもたった二百石、貧乏旗本の部類でしたが、中川さまは気性のやさしいかたでね。世をひがむようなところのない穏やかな人で、器量よしの奥方と仲むつまじゅう暮らしていなさった。そんなかたが奇禍に遭うのだから、世の中ってのはわからないもんでございます。

さて、ある小春日和のことです。

そのとき奥方は身重でいらして、縁側でのんびり陽に当たっておりました。すると庭の木立の奥から、なにやらぎゃあぎゃあと騒がしい音がする。

いったいなんであろうかと、奥方は立ちあがって木立を覗《のぞ》きました。すると陽気に誘われたのか、そこには数十匹の猫が固まって打ち騒いでいたそうです。

猫の群れくらい、べつに珍しいこともない。ないのですが、その騒ぎようがあまりに物狂おしいので、奥方はすこし怖くなってそっと立ち去ろうとした。

しかしなんということか、その背中に数匹の猫が飛びかかったのです。

猫は奥方の背やら首すじやらに食いつきました。

あっと言って奥方が倒れたところへ、さらに十数匹の猫がわらわらと体に這《は》いのぼって、爪で引っ掻《か》くやら牙《きば》で嚙《か》み裂くやら、それはもう好き放題に無体をはたらいたのだそうです。

奥方の悲鳴を聞いて奉公人が駆けつけたときには、だいぶん惨《むご》たらしい有様で、まあ目玉が潰《つぶ》れていただとか、髪が頭皮ごと半分がたむしり取られていたとか言う者もありましたが、それはきっと大げさな噂でしょう。

ともあれ奥方がひどいお怪我をなさったことは間違いない。

命には大事なく、またお腹の赤子《やゃこ》も無事でした。しかし以来、奥方はすこしおかしくなってしまわれた。ことに暗所に行くと、

「何百もの金いろの眼が、こちらを睨《にら》んでいる」

などと言って怯《おび》え、震えあがりました。

しまいには障子に影が映っただけでも怖がるようになり、奥方は始終お部屋に閉じこもって臥《ふ》せってばかりになったのです。

またようやく生まれた赤子も、何年経ってもちっとも大きくなりませんで、立って歩くことも口をきくこともありません。赤子の泣き声はただでさえ猫のそれに似ているものですが、その子の声は格別で、物狂おしく騒ぐ猫とそっくりでした。

顔付きだけは歳をとったように妙に賢《さか》しらで、赤い舌で口のまわりをしきりに舐《な》めて、

みゃあみゃあ泣きながら畳を這うさまは、

「あれ、浅ましい」

と奉公人や客の顔をしかめさせました。

そんな様子でしたから、近所の者は当然のように、「あの家は猫に祟《たた》られておいでだ」と噂するようになりました。

主人の中川さまは弱りましたが、猫に恨みを受ける覚えなど皆目ない。また先祖が猫になにやら残酷な真似をしたと聞いたこともありません。なすすべなく、ただ困っておられました。

そんなある日です。

なんの前触れもありませんでした。奥方が子を連れて、土蔵でくびれ死んだのでございます。書置きもなく、誰になにを言い置くこともない突然の母子心中でありました。

妻子に先立たれた中川さまは、すっかり老けこんでしまわれました。

一日中ふさぎこんで、死んだ奥方の部屋に引きこもる日々がつづきました。食も細り、めっきり痩《や》せて、両の目が落ちくぼむほどでした。

いつからでしょう。

「猫が鳴いている、猫の声が聞こえる」

中川さまはそう繰りかえすようになりました。

さすがに奉公人も気味悪がって、一人二人と減っていきました。

そうして冬のある朝、女中が主人を起こしにゆくと、中川さまは畳に座して腹を切っておられたそうです。

どういうわけか褌《ふんどし》ひとつの裸で、顔に奥方の白粉《おしろい》を塗り、左右の頰に猫のような髭《ひげ》を描いた上で、腹を真一文字にかっさばいていなすった。はらわたが畳一面に、ぼたぼたとこぼれ落ちていたそうです。

ええ、誰にもその行動の意味はわかりませんでした。

さて物語ならばここで、定型の因縁ばなしが挟まれることでしょう。中川さまが幼い頃に猫を殺しただとか、もしくは奥方の祖先が猫に惨いことをしただとかいう例のあれです。

しかし実話というのはそう都合よくいきませんのでね。この話はここでおしまいなのでございますよ。

矢田先生が蠟燭を吹き消す。

ガラスの向こうで花火が二発、三発と轟《とどろ》いた。

9

「どうも、安西千歳《あんざいちとせ》と申します。今回はお招きありがとうございます。ええとですね、これからお話しするのは、うちの兄の体験談で……」

紙コップを手にしたまま、彼女は語った。


兄が大学生だった頃のことです。

当時の兄はイベントスタッフのアルバイトをしていました。野外コンサートやスポーツの試合で、お客の誘導や会場内の警備をするのが主な仕事です。

力仕事が多いので、バイト仲間の九割は若い男性だったそうです。歳が近いし、打ち上げの飲み会が多いせいもあってすぐに打ち解け、プライヴェートでも遊ぶ仲になるまで時間はかかりませんでした。

その中に、Aという男子学生がいました。

大学は違えど兄と同い年で、ひかえめな性格ながらも飲み会には皆勤。仲間内の誰とでもうまくやれる、穏やかな人でした。

Aには同じ大学に通う彼女がいるそうでした。

この彼女がなかなかに我の強い女性で、飲み会の最中だろうとバイトの作業中だろうとおかまいなしにAを呼びだすんです。そのたびAは携帯電話を取りだして、

「ごめん、バイブ鳴った。彼女からだ。ほんとごめん」

あたふたとその場を去っていきます。

「おまえ、彼女に弱すぎ」

「たまにはがつんとかましてやれよ」

兄たちが呆《あき》れてそう言っても、

「いやあ、ちょっと我儘《わがまま》だけど、いいとこもあるんだよ。なにより親が気に入ってるからさあ、はは」

と気弱に笑うだけでした。

でもみんなで飲むときとは違って、兄と二人きりの夜は、Aはぽつりぽつりと彼女への愚痴をこぼしていたんです。

「こんなこと、おまえにしか話せないけど——彼女が浮気してるみたいなんだ。おれ、どうしたらいいかな」

「また金を貸してくれって言われた。使い道を訊《き》いても話してくれなくて……」

顔の片側を腫《は》らして、「ヒステリーを起こした彼女に殴られた」と涙ぐんでいた日すらあったそうです。

「そんな女、別れろよ」

幾度となく兄は言いましたが、

「根はいい子なんだ」

「親が気に入ってるんだ」

とAは繰りかえすだけでした。

ちなみに何度か見せてもらった画像によれば、彼女はなかなか可愛かったそうです。

いかにもいまどきの女子大生といったふうで、流行《はや》りのメイクに流行りのファッション。スタイルもよかったとか。まあこれならちょっとくらい我儘でも別れないかも、と納得するレベルだったと言ってました。

Aと知り合って二年近くが経った頃です。

兄はイベントスタッフのバイトを辞めることにしました。三年生になってゼミが本格的にはじまり、グループワークやレポートに時間がとられるようになったからです。気づけばかつてのバイト仲間もすこしずつ欠けて、半分以下になっていました。

Aはスタッフに残ったそうで、

「おまえがいないんじゃ、寂しくなるなあ」

しきりとこぼしていたそうです。

Aから兄に電話があったのは、翌週の深夜でした。

「彼女がまた暴れてる。助けてくれ」

Aの悲鳴のような声がしました。ものが壊れるような音も背後から聞こえてきます。

「彼女が刃物を持ち出して、部屋で振りまわしてる。どうしよう。お手上げだ」

「馬鹿、早く逃げろ。外から通報しろ」

と兄は言いましたが、

「でも、そんなことしたら、彼女が」

そこで通話はぶつりと切れたんです。

これはまずいと、深夜に車を飛ばして兄はAのアパートへ駆けつけました。

そこで兄が見たものは、まず開けはなされたAの部屋のドア。困惑顔で座る元バイト仲間のB、C、D。

そしてフローリングの床で、大の字になってのたうつAでした。

「だからおまえは駄目なんだ！」

「そういうところが屑《くず》なんだ、だから誰にも相手にされないんだ！」

と自分の名前を叫び、罵倒《ばとう》しながら、彼は床の上に仰向《あおむ》けになって己をめちゃくちゃに殴りつけていたんです。裸の上にサイズの合わないワンピースを着て、長い髪のかつらがはずれかけていたそうです。

Aはすぐに救急車で運ばれていきました。その後、Bを含む三人と兄は、お互いの情報を出し合って繋《つな》ぎあわせました。

すると常からAの相談にのっていたのは兄だけでなく、この場にいる全員だと判明したんです。

「おまえにしか話せない」

「おまえだけが頼り」

は常套句《じょうとうく》で、実家が裕福なCにいたっては、よく借金を申しこまれていたそうです。

結論を先に言いますと、Aの彼女は実在しませんでした。

兄たちが見せられていた画像は、ネットで拾った赤の他人の女性でした。とある有名リゾート名でグーグル検索したところ、その女性の画像がいくつも出てきたそうです。飛行機でしか行けない距離に在住しており、年齢も合いませんでした。

ヘルプコールを受けて最初にアパートへ駆けつけたBによれば、

「チャイムを押したら、ワンピースにかつらを着けたAが出てきてぎょっとした。ワンピースはサイズがちいさいようで、ファスナーが上がりきっていなかった。あっけにとられていたら『あらAのお友達？　Aの彼女のE子です』と名乗りはじめたので、さらに呆然《ぼうぜん》とした」

「中に入っていいものか迷っていると、『A！　おまえのせいでお友達が遠慮してるじゃないか！　この馬鹿が！』と叫んでいきなり自分を殴りだした。止めようとしたが、手がつけられなかった」

だそうです。

兄がいつぞや見たという顔の痣《あざ》も、そうやって暴れた末にできたものだったんでしょう。

兄はそれきりAと縁を切ったので、その後の彼がどうなったかはわかりません。でもBからの情報によれば、大学を中退して郷里へ帰ったようです。

わたしがこの話で怖いなと思うのは、二年近くも仲間に嘘をつきつづけたAの心境です。

結果的に彼は壊れてしまいましたけれど、もともと壊れかけていたんでしょうか。それとも嘘をついているうち、壊れはじめていったんでしょうか。

引きかえせる機会は幾度もあったはずですよね。

仲のいい友達は何人もいた。孤独じゃなかったし、相談できる環境だった。本物の彼女だって、いつできてもおかしくなかった。

なのに二年かけてひたすらに荒廃していった彼の精神を思うと、わたしはうそ寒くなるし、悲しいとも思うんです。

安西さんは蠟燭《ろうそく》を吹き消した。

10

つづけて語ったのは、三田村藍さんだった。

「えー、みなさんご存じのとおり、あたしはいま行政書士事務所で働いています。所長は親戚《しんせき》なんだけど、いつも『先生』と呼んでいるので今回もその呼称で通させて。——以下は先生から聞いた、ある顧客のお話です」

その顧客を、仮に佐藤《さとう》さんとするわね。

平均年商二億程度の中小企業の社長で、容貌《ようぼう》と雰囲気はいかにもなワンマン親父を想像してちょうだい。

社員は六人きりで、内訳は彼の三人の息子と各お嫁さん。佐藤さんと奥さんが役員という、総勢八名の会社だったそうよ。

うちの先生は長らくそこの顧問だったので、ある程度内情を知っていたの。

はっきり言って、息子たちは飼い殺しに近い状態だったらしいわ。

朝の八時半から夜の十時までほぼ休憩なしで働かされて、休みは日祝のみ。有給なし、厚生年金なし、雇用保険なし、退職金制度なし。息子たちは一律で月の手取り十三万円。お嫁さんは一律八万円。

ふつうの父親なら、自分の子どもたちにはいい暮らしをしてもらいたいと思うものよね。でも佐藤さんはそうじゃなかった。実子もお嫁さんも、ただの安く使える労働力としか見ていなかった。

また子どもたちもワンマンな父親に頭から押さえつけられて育ったから、逆らうなんて思いもよらない。母親はといえば横暴な夫との長年の暮らしで萎縮《いしゅく》しきって、意見ひとつ言えない人になっていた。

ほら、『茹《ゆ》で蛙の法則』ってのがあるでしょう。

蛙を水に入れ、水温をゆっくりゆっくり上昇させていくと、蛙は〝自分が耐えられない温度〟を知覚できずに、ついに茹だって死にいたるというやつ。まさにあれよ。

妻と三人息子と各お嫁さんの七人は虐げられるのに慣れきって、自分たちの置かれた環境を客観視できなくなっていたの。悲しいことに生物というのは、よくも悪くも環境に適応してしまうのよね。

結果的に佐藤家の七人は、家長で社長でもある佐藤さんに虐げられながら、薄給でひたすら働く鵜飼《うか》いの鵜と化してしまった。

見かねたうちの先生は、

「親父さんのもとを離れて、外で就職したらどうだ」

とこっそり長男に勧めたらしいの。

「きみの技術なら、よそじゃ年収四百万は堅いよ。いまの収入と労働時間じゃあ子どもも望めないだろう。思いきって転職活動したほうがいい」

「それは、頭ではわかってるんですがね」

長男はうつむいて、

「ぼくももう四十近い。妻だって、妊娠すれば高齢出産と言われる歳にさしかかってます。子どもをつくるなら、いまが最後のチャンスとわかっちゃいるんですが……」

「なにが問題なんだね。そんなに親父さんが怖いのか」

「怖いのは、もちろんですが」

長男はためらってから、こう言った。

「……問題は、親父の臭《にお》いなんですよ」

「は？」

うちの先生は驚いて問いかえしたの。でも長男は、

「臭いがね、追いかけてくるんです」

にこりともせず、重ねて言ったそうよ。

「じつはすぐ下の弟は、二度ほど逃げようとしたことがあるんです。あいつは僕より気が強いし、ずっとまともなやつですからね。……一度目は独身の頃で、二度目は嫁さんをもらってからでした。でも二度とも、十日と経たず戻ってきちまった。駄目だったんです。親父の臭いが、どこまでも追いかけてきて」

「どういう意味だね」

「そのままの意味ですよ。おれにもわかるんです。覚えがあるんです」

長男はかぶりを振った。

「新幹線で二時間の距離まで逃げても、飛行機で海を越えてもです。行く先ざきで、親父の体臭がぷんと香る。その瞬間、否《いや》が応でも悟らされるんです。ああやっぱりおれはあいつから逃げられないんだ。どこへ行っても同じだ、って――」

先生は困惑して、長男をまじまじと見た。

でも長男は大真面目だった。冗談を言う顔つきどころか、むしろ悲しげで、沈鬱《ちんうつ》ですらあった。

ちなみに佐藤さんは、確かに独特な体臭の持ち主だったらしいわ。

うちの先生が言うには、

「悪臭というほどじゃないが、日本人離れした動物的な香りで、そこに煙草のマルボロが混ざった感じ」

　だそうよ。

　佐藤さんはヘビースモーカーだったらしいから、さぞじっとりと煙草の匂いが染みていたんでしょうね。

　ともかく長男から一連の台詞《せりふ》を聞かされた先生は、彼に失望してしまったの。

　――なんだ。そんなくだらない言い訳に逃げるほど、こいつは親父から離れるのがおっかないのか。

　いい歳をして、なんて腰抜けだ。お嫁さんたちが可哀想じゃないか。

　こりゃ転職より、彼女たちに離婚専門の弁護士を紹介したほうが早いかもしれない、と。

　それに懲りた先生は以後、佐藤家のプライヴァシーに口出しすることはなかった。

　けれど、それほど家族に君臨した佐藤さんですら老いには勝てなかったの。

　彼は七十の坂を越してすぐ、脳卒中で倒れた。当時の長男夫婦は四十代。次男夫婦と三男夫婦は三十代だったそうよ。

　佐藤さんは命に別状なかったものの、半身に麻痺《まひ》が残ってしまった。

　彼はなにしろ我儘《わがまま》な病人だったから、六十代後半の妻だけでは介護しきれなかった。

しかたなく三兄弟のお嫁さんが交代で介護当番をつとめたけれど、以前にも増して佐藤さんは横暴で口が悪く、ひがみっぽくなっていた。

頭はしっかりしているのに体の自由がきかないご老人って、自分に対する苛立《いらだ》ちもあって、とかく短気になりがちよね。

おまけに彼は、倒れる前から息子と嫁を使用人同然と見下していた。

食事を介助され、お風呂《ふろ》やトイレを介助される佐藤さんは、そりゃあひどい態度だったみたい。動くほうの手足で殴るは蹴《け》るわ、罵《のの》るわ、つばを吐くわ——。おまけに性的ないやがらせもひどくて、とくに標的にされていた長男嫁さんはたまりかねて実家に逃げてしまった。

先生は口に出さねど、

——あのまま帰ってこなけりゃいいのに。

と思っていたらしいわ。

主《あるじ》を失った佐藤家にしがみついていても益はない。子どももいないことだし、佐藤さんが死んで代替わりするまで実家で静養していればいいって。

でもそんな先生の思いもむなしく、長男嫁さんはたった数日で帰ってきた。

唖《あ》然《ぜん》とする先生に、

「どうして、って思われたでしょうね」

長男嫁さんは悲しげに言ったそうよ。

「どうしてわざわざ、地獄とわかっていて戻ってくるんだって。でも……でも、しかたないんです。実家にいても、休まらなくて。怖くて」

「怖い？　なにがです」

「義父《ちち》の、臭いがして」

その言葉に先生はぎくりとした。

いつぞや聞いた長男の台詞が、自然と脳裏で再生された。

――新幹線で二時間の距離まで逃げても、飛行機で海を越えて逃げてもです。行く先ざきで、親父の体臭がぷんと香る。

――その瞬間、否が応でも悟らされるんです。ああやっぱりおれは、あいつから逃げられないんだ、って。

そんな先生を後目《しりめ》に、長男嫁さんはうつろな声で、

「臭いが、どこまでも追いかけてくるんです。お義父《とう》さんの臭いが。たとえ世界の果てまで逃げても、きっとあの人は追ってくる――。わたしたちは鎖に繋《つな》がれているのと同じです。だから結局は、戻るしかないんです」

と言うばかりだった。

先生はもうなにも言えなかった。そして、胸中で決意したの。

――もう、佐藤家との顧問契約は打ち切ろう。

きっと集団幻覚のようなものだ。彼らは追いつめられて精神の均衡を崩している。

絶対君主への怯《おび》えと恐怖、未来への不安、言いなりになってきた悔恨その他が入り混じって、ありもしない幻に家族全体がとらわれているんだ。

——あの家は終わりだ。泥船が沈む前に、うちも手を引かなくては。

そう思いながら先生は事務所へ帰ってきた。

出迎えてくれたのは、居残って書類仕事をしていた先生の奥さんで、

「おかえりなさい。——あら」

ふっと首をかしげた。

「どうした？」

「いえ。……ふふ、あなたも歳なのね。ついに加齢臭がしはじめたわよ。今夜はお風呂で、耳の後ろをよく洗っていらっしゃいな」

先生は愕然《がくぜん》とした。そして尋ねた。

「もしかして、脂っぽいような、煙草くさいような臭いか？　おれからそんな臭いがするのか？」

「ええ」

奥さんは怪訝《けげん》そうにうなずいてから、

「ああわかった。佐藤さんと会ってらしたのね。そういえばこれ、あのかたの臭いだわ。加齢臭だなんて言ってごめんなさい。……でもこれじゃ勘違いしちゃうわよ。だって衿《えり》や髪にまで、じっとり臭いが染みついているんだもの。あなたまさか、佐藤さんと熱い

抱擁でもかわしたの？」

もちろん冗談よね。でも先生は笑えなかった。

その日先生は会社で長男夫婦と会っただけだった。佐藤さんは自宅で寝たきりだし、半径五メートル以内にすら近寄っていないのよ。なのに奥さんは「佐藤さんの臭いが移っている」と言う。

見透かされた――と先生は思ったそうよ。

顧問を辞めようと考えたことが、佐藤さんに悟られ、見透かされたんだと。

非現実的な考えよね。臭いなんて奥さんの錯覚かもしれないし、もしかしたら長男嫁さんを介して移ったのかもしれない。でもそのときは、佐藤さんの怒りをかったんだとしか思えなかったらしいわ。

結局先生は、佐藤さんが亡くなるまで顧問契約を切れなかった。

佐藤さんが亡くなったのは、丸二年後の秋。

先生はもちろん葬儀に出席した。

親族席に並ぶ息子さんやお嫁さんはみんな、介護疲れでがりがりに痩《や》せこけて、ひどい顔色だったみたい。とはいえ遺族にも参列客の間にも、ほのかな安堵《あんど》の空気が漂っていた。

――佐藤さんが亡くなって、奥さんも息子たちもやっと解放されたな。

――死んだ人を悪く言う気はないが、扱いの難しい親父さんだったものなあ。

なんてささやく参列客がすくなかったそうよ。

ただしそのささやきの中には、こんな声も多く混じっていた。

——この会場、なにか臭わないか？

——脂くさいような、変な臭いがするよな。

しかもその臭いは式が進むにしたがって、強く、濃くなっていった。

会場内がざわつくにつれ、喪主である妻は動転して、ついには挨拶《あいさつ》もできなくなってしまった。お嫁さん三人のうち二人は体調不良で退場し、残る一人はトイレから出てこれなくなった。

息子たちはなんとか葬儀が終わるまで踏みとどまったものの、先生が言うには、

「三人とも、いつ気絶してもおかしくなかった」

だそうよ。

火葬場でも臭いのことで一悶着《ひともんちゃく》あったらしいけれど、先生は精進落としのあとすぐ帰ったから、その騒動は見ていないの。

噂では火葬炉から遺骨を出したらひどい悪臭がしたとか、その臭いが火葬場の壁に染みついて訴訟騒ぎにまで発展したとか諸々《もろもろ》。でもどれも風聞の域を出なかったみたいで、ほんとうかどうかは不明よ。

ただ会社は、長男が継いで五年と経たずに潰《つぶ》れたわ。これは噂じゃなく正真正銘の事実。

自動的に顧問契約も切れて、先生は佐藤家から完全に解放された。

しばらくの間、先生は佐藤家の前を通らないよう、顧客まわりのときはなるべく迂回《うかい》して避けていたそうよ。

忘れた頃にふと通りかかったら、佐藤家も会社もなくなって『売地』の看板が立っていた。

でも一度だけ、

「長男嫁さんの携帯番号から、夜中に着信があった」

と先生は言ってたわ。とはいえ時間が時間で出られなかったし、留守電にメッセージも残されなかったから用件はわからずじまい。

「かけなおさなかったんですか」

ってあたしが訊《き》いたら、

「いいんだ。どうせ無事じゃないことはわかってるから」

だって。

言っとくけど、普段はとても面倒見のいい先生なのよ。その人がこんな言いかたをするんだから、よほどのことなんだろうと、それ以上はなにも言えなかったわ。

藍さんが蠟燭《ろうそく》を吹き消した。

11

次は五十嵐結花さんの番だった。

「えー、あたしは高校受験前、家庭教師の先生にお世話になったことがありまして、その先生から聞いたお話です。なるべく先生がしゃべったとおり、そのまま語ってみようと思います」

きみらの歳じゃ想像できないだろうが、おれが義務教育の頃は、公衆電話ボックスというのがそこらじゅうにあったんだよ。

え、ドラマの再放送で観たことある？　そうか、そんなもんかあ。二十年以上前のテレビドラマには、そういえば欠かせなかったかもしれないな。

ともかく、その電話ボックスの話だ。

おれが当時通ってた中学校は家から徒歩十分ほどで、同じく市立の小学校と隣接して建っていた。正門を出て、ぐるっと校庭をまわるルートが通学路さ。で、校庭のフェンスのちょうど裏あたりに、学校指定の文具店があった。

その文具店のすぐ前に、電話ボックスがあったんだ。

一見なんの変哲もないいんだけどね。でも陽が落ちて街灯で照らされるようになると、光の加減による目の錯覚だろうな、中に人がいるように見えた。

近くまで行くと、誰もいないとわかるんだ。でも二、三メートルほど離れたところからだと、紺いろのコートを着た女が、こちらに背を向けて立ち、電話しているように見える。

子どもってのは怪談が好きだから、当然いろんな噂が立ったよ。

あのボックスで首を吊《つ》った女がいただとか、あそこで妊婦が産気づいて、一一九番しようとしたはいいが間に合わず、子どもを産み落としてすぐ死んでしまったんだとか……。

もちろん全部デマだよ。でも一時期はデマが盛りあがりすぎて、

『学校近くの電話ボックスで死んだ人はいません。校内でのおかしな噂は、厳重に禁止します』

なんてプリントが小学校で配布されたくらいだった。おれの妹が当時小学五年生だったから、

「こんなのが配られた」

なんて、夕飯の席でそのプリントを見せられたのを覚えてる。

親父は苦笑いで、母親は「都市伝説って、いまどきの子にも流行《はや》るのねえ」なんて感心してたっけ。プリントのおかげかどうか、ともかくデマのたぐいは半年くらいで下火になった。

あれは秋が終わって初冬になって、日がだいぶ短くなった頃だったな。

おれはバスケ部の主将だったから、定期的に各部の主将会議ってやつに出なきゃいけなかったんだ。体育館の使用時間がどうとか、更衣室の掃除当番がどうとか、おのおのの要望や苦情を言いあう会議だよ。

早めに終わるときもあるが、もちろん長引くときもある。たぶんその日は長引いたほうじゃなかったかな。

教室にかばんを取りに行くと、陽が落ちて暗くなりかけていた。時刻は五時半をとうに過ぎていた。

そのときだ。教室の外から、

「お兄ちゃん」と声がした。

驚いたよ。妹がそこに立ってたんだ。

小中学校は隣接しているから入るのは簡単だが、小学生がこっちの校舎に来るなんて滅多《めった》にない。

「どうしたんだ。まだ帰ってなかったのか」

おれがそう訊くと、

「図書館で本を読んでたらつい夢中になって、閉館の五時になっちゃった。お兄ちゃんと一緒に帰ろうと思って待ってたの」

と言う。おれは教室の時計を見なおした。五時四十分だった。

「四十分も待ってたのか。先に帰りゃよかったのに」

「だって、一人だと帰れない」

「なに言ってんだ。おまえ、もうそんな子どもじゃないだろう」

「駄目なの。一人だと駄目」

妹はべそをかきはじめた。

高学年になってからめっきり生意気になった妹が、顔を真っ赤にして泣きはじめるんだ。おれはもうびっくりしちゃって、

「わかったわかった、いいから帰ろう」

と言うしかなかったよ。

正門を出たのは六時十分前くらいかな。

いつものとおりぐるっと校庭をまわって、例の文具店の前にさしかかった。

街灯はもう点《つ》いていたから、その日も目の錯覚はあった。紺のコートを着た女が、こっちに背を向けて立ってるように見える。

ここからあとのことは、自分でもちょっとあやふやだ。

なぜかその女の背中から、目が離せなくなったんだ。

理由はわからない。変だよな。中には人なんかいやしないんだ。いないって頭ではわかってるのに、目が吸い寄せられて、そらせない。

気づいたらおれも妹も黙っていた。口がきけなくなっていた。二人でじっと、斜め前方の電話ボックスを見つめてた。

あと一メートルくらいのところまで近づいたときかな。おれはふと気づいた。

女の角度が変わってる、と。

いつもなら、背中しか見えないはずなんだ。

髪は肩の下くらいまであって、腰が隠れる丈の紺のコート。ぼんやりと、そんなふうにしか見えないはずだった。

でもそのときの女は、頬の線が見えかけていた。

おれが一歩進む。女の角度が変わる。

また一歩進む。顎《あご》が見えた。さらに一歩。片頬が完全に見えた。さらに一歩、睫毛《まつげ》の先が――。

そのときだ。

妹が突然おれを突き飛ばした。

電話ボックスに気をとられていたおれは、まったく気づかなかった。妹の気配にも、背後から車が迫っていたことにも。

あやうくおれは轢《ひ》かれかけた。

だが運転手が急ハンドルを切ってくれたおかげで、助かった。車は電話ボックスに突っこみかけ、寸前で止まった。

「馬鹿野郎！　飛びだしてんじゃねえよ、ガキ！」

運転手に怒鳴られたが、謝ることもできなかった。

車が発進してしまったあとも、おれはしばらく動けなかった。いつの間にか妹は、その場から走り去っていた。

電話ボックスの中に、もう人は見えなかった。ガラスを通して後ろの風景が見えていた。

おれはかばんを拾って、のろのろと家に帰った。

帰宅してすぐ、妹に文句を言おうと思ったよ。なんのつもりだ、どうして車道に突き飛ばしたりしたんだって。

でもその前に、玄関で待ちかまえていた妹に怒鳴られた。

「だから一緒に帰ったのに！」って。

「わかってたんだ。全部わかってたから一緒に帰ったんだ。どうして見なかったのよ、この馬鹿！　あんたの番だったのに！　なんで見なかった！」

叫びながら、妹は地団太を踏んでた。

黒目が上に行って、白目を剝《む》きかけていた。

すごい形相だった。妹じゃないみたいだった。いや実際、妹じゃなかったのかもしれない。

妹は半狂乱になり、しまいには引きつけを起こしてぶっ倒れた。

親が駆けつけてきて、救急車騒ぎになったよ。

情けない話だが、おれも貧血を起こしちまった。兄妹《きょうだい》して搬送されたんだ。

検査の結果、妹に異常はなかった。脳波も正常だったとさ。

その一件はなんとなくタブーになってしまい、ずっと話題にできなかったんだが、成人してから妹に尋ねてみたよ。

そしたら妹のやつ、あの日のことをまるで覚えてなかった。

「なにそれ。お兄ちゃん、なにか企《たくら》んでる？　ドッキリかなにか？」

って胡散《うさん》くさそうに睨《にら》まれただけだった。

その電話ボックスがどうなったかって？　いや、そういえばおれも、覚えてないな。

たまに帰省しても、用がないから学校のほうへは行かないし……。

たぶん撤去されたとは思うんだけどね。このご時世、ボックスなしの公衆電話でさえ、駅か病院くらいでしか見かけない。

でも万が一まだあったら嫌だから、今後も見に行くことはないだろうな。

「――だ、そうです」

そう言って結花さんは、自分の蠟燭《ろうそく》を吹き消した。

12

二度目の短い休憩が挟まれた。

　ほとんどの人が席を立ち、トイレに行ったり、立ちあがって屈伸運動をしたり、はたまた新たな氷を持ってきたりと思い思いに動いている。矢田先生は瞬間冷却器に付きっきりで、せっせと缶を冷やしては手近な学生に配っていた。

「ぼく甘いもの欲しいな。アイスクリームがあるんだっけ？」と黒沼さん。

「あるけど人数ぶんはないのよ。早いもの勝ちだから、食べたい人手ぇ挙げてー」

　藍さんが声をかけて、挙手させた。

　灘こよみさんはといえば場違いなほど真剣な面持ちで、空いた紙コップや惣菜《そうざい》パックを片付け、残る料理を紙皿に取り分けている。

　八神さんがソファから腰を浮かした。

　きっと灘さんにアイスを持っていってあげるんだろう——と、なんとなくぼくは眺めた。

　しかし彼は想定コースをそれて矢田先生に歩み寄り、冷えたビールを受けとった。灘さんの隣へは戻らず、空いていたぼくの横になぜか座る。

「どうも」

「……どうも」

　ぼくはへどもどと会釈した。

「ええと、内藤彗くん、だよね」

「あ、はい」

　うなずくぼくを後目《しりめ》に、藍さんが黒沼さんにカップアイスを一つ手渡して離れ、空いた灘さんの隣へ座った。

美女二人は仲睦《なかむつ》まじくアイスを食べはじめた。灘さんは抹茶アイスで、藍さんがクッキー&クリームだ。

数分遅れでトイレから戻った小山内さんが、八神さんと藍さんの席替えを見て立ちすくむ。しかし瞬間冷却器を抱えた矢田先生に「まあまあ」と缶を手渡され、鈴木くんに「まあまあまあ」と肩を抱かれてもとの席へ着かされた。

「あの……」

ぼくはおそるおそる、八神さんに問う。

知らない人に話しかけるのは苦手だ。いや、知っている相手でも苦手だ。でも八神さんなら、大丈夫な気がした。いやな顔をされたり、無視されることはなさそうに思えた。

「あの、灘さん、いいんですか」

席を離れちゃって、とまでは言えなかった。

八神さんが応《こた》える。

「うん、いいんだ。——大詰めだから」

「大詰め？」

「この百物語の会がね」

そう言って、反対隣に視線を流す。

二人掛けのソファに、ぼくの知らない男子学生が並んで座っていた。最初に矢田先生の連れかと思った二人組だ。

こちらを見ず、八神さんは横顔で微笑んだ。

「もしかしたら、これからすこしだけうるさくなるかもしれない。……驚かせちゃったらごめんな。でも、大丈夫だよ」

13

次の語り部は、男子学生二人組の片割れだった。

「本日はお招きありがとうございます。理学部の村越岳人《むらこしたけと》と言います」

と彼は名乗り、

「これから披露させていただくのは、えー、いろいろお恥ずかしい点もあるんですが、おれの家族の話です。えっと、なにから話せばいいのかな。ああそうか、家族構成か。その頃のわが家は四人家族でした。父母とおれ、そして年子の弟の元樹《もとき》とで、四人だったんです」

と語りはじめた。

元樹が兄弟になったとき、おれは幼稚園の年少でした。

学年じゃ一つ違いでしたが、あいつが三月末生まれでおれは四月上旬生まれだったから、実際は丸二歳近く違うんです。

だから、えー、なにが言いたいかっていうと……当時の元樹は、おれよりずっと子どもだったってことです。

おれは、あいつが家《うち》にはじめて来た日のことを覚えてた。いきなり家族増えた記憶が、はっきりと残っています。でもあいつはそうじゃなかった。

「自分は養子だ」

とあいつが知ったのは、十歳のときでした。

元樹はおとなしいやつでね。わが家じゃ叱られ役はいつもおれで、あいつはその横で「ほんとに元樹はいい子だ。岳人、ちょっとは元樹を見習いなさい！」と言われるのを聞いてる役でした。

それでも仲はよかったんですよ。家でじっとしていられないおれが、あいつを庭に連れだしてライダーごっこに付き合わせることもあったし、逆におれがあいつのプラレール遊びに付き合うこともあった。タイプが違うから、逆にうまくいったのかもしれません。

そんな元樹がさらに内にこもるようになってしまったのは、小一で同じクラスになったやつのせいです。

典型的な悪ガキでした。ただ騒ぐ、暴れるだけじゃなく、弱いものいじめをするんです。おとなしい元樹は、そいつの格好の獲物でした。

また悪知恵のはたらく野郎でね。親や教師の前ではいじめたりしない。見えるところに傷を付けたりもしない。さすがに見かねて、

「おれが代わりにあいつ、やってやろうか？」

と元樹に言ったこともあるんですが、

「お母さんに心配かけたくないからやめて」

と断られました。

弟は変なとこで強情なんです。おまけにマザコン──と言っちゃいけないか。母親が大好きでした。

その元樹が断固として「よけいな手出しはしないで」と言うので、おれは引きさがるしかなかった。

「我慢できなくなったら言えよな」

と一応言いはしたが、元樹が泣きついてくることはないとわかってました。あいつはほんと、頑固なやつだったから。

元樹は悪ガキが自分に飽きるのをひたすら待って、耐え忍んでました。

でもいじめっ子には二タイプあるんですよ。

ひとつは「反応しないやつはつまらない」と思うタイプ。もうひとつは「やりかえさないやつは好都合、なにをしてもいい」とかさにかかるタイプです。残念ながらその悪ガキは、後者のタイプでした。

うちの小学校のクラス替えは二年ごとだったから、進級しても、元樹と悪ガキは同じクラスのままでした。

おれは元樹の口数が減って、笑顔を見せなくなったのが心配でした。元樹は怒るだろうが、母親に告げ口しちまおうか、と何度も思ったくらいです。

いま思えばさっさと親に言うべきだったんですよね。

でも子どもの頃って、なんていうか、子ども同士の約束のほうが優先じゃないですか。「大人に言うな」って頼まれたら、それを破るのは卑怯《ひきょう》だ、みたいな——。そんな感覚があって、なかなか母に言えずにいたんです。

その頃でした。おれが家の中で、奇妙な現象を目にするようになったのは。

いっとう最初は、そうですね、たぶん影でした。

おれとあいつは小学生の頃、同じ部屋で寝ていたんです。八畳間に学習机を並べて、二段ベッドでね。おれがベッドの上段、あいつが下段ですよ。

その夜、おれは歯をみがき終えて、先にベッドに入っていました。上のおれのほうが電灯に近いから、紐《ひも》を引いて灯りを消す役はおれなんです。

「おい、早く来いよ」

なかなか元樹が部屋に入ってこないので、声をかけて急《せ》かしました。

「おまえが寝ないと電気消せねえだろ。早くしろってば」

「うん、ちょっと待って」

開けはなしたままのドアから、あいつの影が廊下に落ちるのが見えました。

応えたのは声だけで、まだあいつの姿は見えません。伸びている影だけが見えた。

その影がね、おかしかったんです。

元樹の影はものすごい速さで、四本の手足をでたらめに振り動かしていた。なんだろう、踊ってるみたいな、地団駄踏んで暴れてるみたいな――とにかく、普段の元樹がするような動作じゃなかった。病的な動きでした。

「元樹⁉」

おれは思わず弟を呼びました。

「元樹、どうしたんだよ、元樹！」

「なに？」

廊下を歩いてきた弟が、顔を覗《のぞ》かせます。

いつもの弟でした。

色白で丸顔で、見慣れたパジャマを着てまっすぐ立っています。でもその足もとで、やっぱり影がめちゃくちゃな、ぐちゃぐちゃな動きをしていて。

「元樹！」

もう一度おれが叫ぶと、すっと影は鎮まりました。

身をのりだして、おれは目を凝らした。

すると弟の足もとにあるのは、なんの変哲もない影でした。薄黒くて、弟の動きにつれて一緒に動くあれだった。

「なに、兄ちゃん」

「あ、いや——なんでもない」

おれは急いでごまかしました。

目の錯覚だ、と自分に言い聞かせたんです。まだ心臓がどきどきしていたが、そう解釈するしかありませんでした。

とにかくその夜は、元樹がベッドに入るのを待って電灯を消し、いつもどおりに眠ったんです。

二度目の遭遇は、洗面所でした。

そのときもやはり寝る前です。鏡の前で、元樹が歯をみがいていました。

「おい、歯ブラシ取ってくれよ」

そう声をかけると、元樹が「うん」と歯ブラシを手にとって振りかえりました。

おれはぎくりとしました。

元樹は——元樹の本体は、左手におれの歯ブラシを持って、体をひねってこっちを向いています。

でも鏡の中の元樹は、動かず正面を向いたままでした。ただ眼だけを——ほとんど白目になるくらい黒目を片側に寄せて、おれをじいっと凝視しているんです。

おれは悲鳴をあげました。

「兄ちゃん？」

きょとんとする元樹の声がして、

「なんだ、どうした」

「岳人、どうかした？」

とリヴィングのほうから、両親の声が聞こえて――。

はっと気づくと、おれは床に膝《ひざ》を突いて、母親に肩を抱かれていました。目の前では父と元樹が心配そうにこっちを覗きこんでいた。

彼らの斜め後ろには洗面所の鏡があって、しゃがみこんでいる元樹はもちろん映っていなかった。ほっとしました。

結局おれは「具合がよくないんだろう」、「めまいでも起こしたかな」ということになって、早々に寝かされました。

翌朝のことは覚えていませんから、きっと平常どおりに過ごしたんでしょう。

その一件があってすぐ、春になって、年度が替わりました。

三年生になった元樹はありがたいことに、例の悪ガキとクラスが離れました。こっちまで安堵《あんど》しましたよ。

元樹はみるみる明るさを取り戻していきました。図書委員を任され、友達もできて、家に遊びに呼んだりするようになった。

「いままでは岳人のお友達ばっかりだったけど、元樹のお友達も来てくれるようになって嬉《うれ》しいわ」

と母が言っていたのを覚えてます。

ちょうどその頃、母は正社員からパートになったばかりでした。がらにもなく〝息子の友達のおもてなし〟なんかしちゃってね。

おれの友達と元樹の友達と、全員一緒になって、母の手づくりプリンなんか食べたこともありました。あの頃が、わが家の一番いい時期だったかもしれないな。

でもそれは二年きりで終わりました。

五年生時のクラス替えで、また元樹は例の悪ガキと同じクラスになってしまったんです。

悪ガキはさらに狡猾《こうかつ》に、意地悪くなっていました。

あっちはあっちで家庭の事情が複雑だったみたいですが、そんなの知ったこっちゃないですよ。同情の余地なんてありませんでした。

だってその悪ガキは、

「おまえ、養子なんだってな」

と元樹にばらしちまったんだから。おまけに、

「血の繋《つな》がってない人の家にタダで居座って、タダ飯食らいやがって。そういうの寄生虫って言うんだぜ。虫野郎！」

と囃《はや》したてたというんですから、最低なガキです。

なぜ養子の件を知っていたかというと、うちの母がかなり前に疎遠にした親戚《しんせき》が、悪

ガキの母親と懇意だったらしいんです。疎遠にした理由は借金がらみでして、要するに逆恨みされたんですね。

養子の件を元樹が知ってしまったとは、すぐにわかりました。

元樹は帰宅するなり、おれのところへやって来て、

「ぼくが養子だって知ってた？」

と尋ねたからです。

迷ったが、「……知ってた」と答えるしかありませんでした。実際、最初から知っていましたしね。

その夜でした。

子ども部屋は東向きに窓があって、北側の壁に二人の学習机と姿見と本棚、南側の壁に二段ベッドが寄せてある間取りでした。

夜中におれは、ふと目を覚ましたんです。

視線を感じました。

真横からだった。おれは首を無意識に曲げました。

姿見に、弟が映っていました。

下段ベッドの柵《さく》から顔を突き出すようにして、元樹は鏡越しにおれを見つめていた。

でも、そんなわけないんです。

だって真下からは元樹の寝息が聞こえる。狸寝入りには聞こえませんでした。なのに

鏡の中の弟は口を引き結んで、無表情におれをうかがっている。

探る眼でした。

おれがいままで弟をどう思っていたのか、演技ではなかったのか、そこに悪意はなかったのか、と探っている冷えた眼差《まなざ》し。

おれは鏡の中の元樹から、目が離せませんでした。

ただ心の中で、訴えるしかなかった。

おまえのことはずっと弟だと思ってた。いまも思ってる。邪魔だなんて思ってない。母さんだってそうだ。あんな糞《くそ》ガキの言うことなんて嘘だ、全部忘れちまえ——と。

そのあとの記憶はありません。

おそらくそのまま、気を失うように寝てしまったんでしょう。気がつけば、朝になっていました。

翌朝の元樹に変わった様子はありませんでした。食欲はないようでしたが、あいつはもともと朝が弱いんです。

「給食は残さず食べるのよ」

と母が言い、あいつはうなずいた。それだけでした。

それから数日は、一見平穏に過ぎました。

でも例の悪ガキは、ちくちくと元樹をいたぶりつづけていたようです。親なし子、居候、寄生虫、タダ飯食らいと罵《のの》り、あいつを小突きまわしていた。

これらは全部、あとで知った話ですよ。ほら、元樹の友達と何度かうちでおやつを食べたって言ったでしょう。あのとき顔見知りになった子が、ことがすべて終わってから教えに来てくれたんです。

姿見の件から、半月ほどが経ったでしょうか。

夜の十時くらいだったと思います。リヴィングに家族が集まって……そう、確かテレビ放映の映画を観てたんじゃなかったかな。

コマーシャルに切り替わった途端、母が飲み物を取りにキッチンへ向かいました。元樹はそれを手伝いに付いていき、父はトイレに立ちました。つまりそのとき座った姿勢でいたのは、おれだけだった。

だから、気づいたんです。

元樹だけ〝影がない〟ってことに。

もちろん蛍光灯のあかりでしたから、さほど濃い影じゃなかった。でも母にも父にも足もとに影があるのに、あいつだけ、ないんです。

床がのっぺりとしていて、なんていうか、奇妙な眺めでした。厚みがないっていうか、あいつが紙人形みたいに見えた。

でも指摘できませんでした。頭がおかしいと思われそうだったし、それに――うまく説明できないんですが、おれ、あいつの味方でいたかったから。

「ぼくが養子だって知ってた？」

と訊《き》かれたあの日以来、ずっとそうでした。

元樹について、親や教師になにか言いつけたりしたくなかった。

おれはおまえの味方だぞって、言わずとも態度で示したかったんです。

だからそのときも、おれは言葉を呑《の》みこみました。なんでか、よけいなこと言っちゃいけない気がしたから。元樹のためにならない気がした。

その理由がおぼろげながら判明したのは、翌日です。

例の悪ガキが大怪我をしたんですよ。

自宅の三階の窓から飛び降りたんだそうです。しかも庭じゃなく、アスファルトの道路めがけてね。

さいわい頭ではなく足から落ちましたが、両脚と腰骨を折る重傷でした。しかも腰椎《ようつい》を破裂骨折したとかで、後遺症が残る可能性が高かったようです。

その悪ガキがね、病院で繰りかえし言ってたらしいんです。

「村越に突き飛ばされた。同じクラスの村越元樹に、窓から落とされた」

って。

もちろん誰も信じませんでしたよ。時刻は夜十時で、小学生が出歩く時間帯じゃない。家人に悟られず、勝手に子どもが出入りできるはずもない。

第一、間違いなく元樹本人はわが家にいましたしね。家族の証言はアリバイにならないなんて俗に言いますが。それ以前の問題です。警察だって学校だって取りあいやしませんでした。

しかし悪ガキは、しつこく元樹の名を出しつづけた。

どうもおかしいということで学校が調べると、いじめの事実が発覚しました。しかも小学生らしからぬ陰湿ないじめがです。

「彼は罪悪感ゆえの幻覚を見たんだろう」

とみんな納得し、元樹は疑われるどころか、逆にいたわられる立場になりました。

悪ガキがその後どうなったかは噂でしか知りません。

でも引っ越して、転校していったのは確かです。転落事故は全国ニュースにもなりましたし、いじめの噂が広まりすぎてしまったから、もう地元にいられなかったんでしょう。歩けるようになったかもわかりませんが、完全にもとどおりとはいかなかったんじゃないかな。

ともあれ、元樹をいじめるやつはいなくなりました。

「気づいてやれなくてすまなかった」

と両親は元樹に謝り、おれは母に「元樹が養子の件を知ってしまったようだ」とこっそり耳打ちしました。

母はその後、元樹と二人で話し合ったようです。

そのおかげか元樹の表情は穏やかになり、また笑顔が増えていきました。

おれは嬉《うれ》しかったですよ。嬉しかったから、訊けなかった。

――あの日、おまえの影はどこに行ってたんだ？

ってことを。

悪ガキが自宅の窓から転落したあの夜、おまえから離れた影は、どこでなにをしていたんだ？――と。

訊けずにいるうち、月日は経っていきました。

おれは中学生になり、一人部屋が与えられた。二段ベッドは取りはずされ、めいめいの部屋に置かれるようになった。

やがて元樹も小学校を卒業し、部活をはじめました。

新たな友達が増え、世界が広がり、成績も問題なく、順風満帆な学生生活が進んでいくかに見えた。

しかしあいつを――いや、おれたちを、三たびの不幸が襲いました。

両親が離婚したんです。

中三のおれは母に、中二のあいつは父に引きとられました。

父と元樹は家を出て、おれたちはそのまま家に住みつづけると決まりました。姓はそのまま、村越を名乗りつづけることにしましたよ。受験が近かったし、各種の名義変更が不便だったから。

元樹は母と家に残りたがってました。でも親同士で、すでに話がついていましたしね。

おれたち子どもにはどうすることもできなかった。泣く泣く別れました。

元樹と再会できたのは、つい最近です。

ええ、学部は違えど、あいつも同じく雪大に進学したんです。

構内のローソンで、偶然あいつとぶつかりそうになって……仰天しました。

元樹は変わってなかった。すこし引っこみ思案だが、相変わらず気のやさしいやつでした。

その再会をきっかけに、おれたちは月に一、二度会って遊ぶようになったんです。

あいつには、高校時代から付き合っている彼女がいました。その子もいい子でね。……ただ、はじめて引き会わせてもらったときは、ちょっとばかり驚きました。母によく似ていたから。

あいつはマザコン気味でしたからね。なのに両親の離婚で否応《いやおう》なしに引き離されてしまったから、思慕もひとしおだったんじゃないかな。

そのくせおれが家に誘うと、断るんです。

「たまには家に遊びに来いよ。木曜と日曜なら、母さんも休みだから家にいる」

「いや、いいよ。よろしくとだけ言っておいて」

とこんなふうでした。

再会から季節が半周して、おれたちの会話からぎこちなさが消え、あいつと彼女と三人で遊ぶことも増えました。

夏休みには、おれが車を出すから海に行こう、バーベキューでもやろう、なんて話していたんです。

けどよくない報《しら》せって、いつも唐突にやってくるもんですね。

元樹の彼女の車が、事故に遭ったんです。

バイパスでの事故でした。強引に合流しようとしてきた飲酒運転のワゴン車に、ほぼ真横からぶつけられて——。

彼女の車は軽自動車だったから、横転して大破だったそうです。家で報せを聞いて、おれは急いで病院に駆けつけようとした。

そのときです。

背後に気配を感じました。

振りかえると、リヴィングの隅に元樹が立っていた。

すでに病院にいるはずの弟がです。あいつはおれを、いつかと同じ目で——鏡の中から睨《にら》んできたのと同じ目つきで見て、言った。

「兄貴に会いに行ったんだ」

「……え？」

おれは啞然《あぜん》と訊きかえしました。

なにから対処していいかわからなかった。いるはずのない元樹。意味のわからない言葉。混乱するおれに、元樹はさらに言った。

「彼女は、兄貴に会いに行く途中で事故った。だって今日は兄貴の誕生日だもんな。なあ、二人だけで祝うつもりだったのか？　おれを除《の》けものにして、二人で——」

「………」

おれは口がきけませんでした。

彼女とおれが二人きりでなんて、そんなことがあるはずない。でも元樹の口ぶりからして、以前から疑っていたようです。おれと彼女の関係を、表には出すことなく、内心で長いこと。

元樹本人でないとはわかっていました。

こいつは元樹の影です。元樹の心が生んだ、よくないほうの分身なんです。

結局その日、病院へは行けませんでした。

そして弟の影は——ええ、それからずっとおれのそばにいます。

おれを窓から突き飛ばしたりはしない。危害を加えるそぶりさえない。ただ黙ってそばにいるだけです。

おれを監視するかのように、なにをするでもなく、ずっといる……。

村越さんは顔をあげた。

「いまも、います」

彼は首を曲げ、すぐ隣を見た。二人掛けのソファに、自分と並んで座る青年を。

瞬間、ぼくは息を呑《の》んだ。

村越さんの隣の青年の顔が、ぐにゃりと歪《ゆが》んだからだ。

おとなしそうな白い頬に浮かぶ表情が一変していた。彼はうっすら微笑んでいた。好意のかけらもない、悪意そのものの冷笑だった。ひどく酷薄な顔に見えた。

「元樹……」

青年を見据え、村越さんは呻《うめ》いた。

スカイラウンジは静まりかえり、しわぶきひとつなかった。

ようやくぼくは悟った。

彼は、村越さんの弟なのだ。それでいて弟ではない。

村越さんに付きまとう影。弟の分身――いや。

――生霊。

分身の、亀裂《きれつ》のような唇がひらいた。

「……兄貴が、悪いんだ」

奇妙な声音だった。

「兄貴はいつだってそうだ。……おれの大事なものを、簡単にかっさらっていく。おれが好きになる人は、みんな兄貴のほうが好きだ。いつもおれより兄貴を選ぶんだ。どうしてなんだ」

「違う」

村越さんは叫んだ。

「違うだろう、元樹。——思いだせ！」

鞭《むち》をくれるような、厳しい口調だった。

「思いだせ。まだわからないのか？　彼女は、おまえと一緒におれに会いに来る途中だった。あの車内には、おまえもいたんだ」

村越さんは分身を、いや弟を見つめていた。

目じりが痙攣《けいれん》している。

「おまえたちは、おれの誕生日を、二人揃って祝いに来てくれる途中だったんだよ。思いだせ」

わずかに、弟の瞳《ひとみ》が揺れる。

村越さんはなおも言った。

「彼女は奇跡的に軽傷だった。でもおまえは、いまだ意識不明のままだ。体の怪我はたいしたことがない。なのに、なぜか目覚めようとしないんだ」

花火が彼の横顔を照らした。

「おまえがおれに言いたいのは、——ほんとうに言いたいのは、彼女のことじゃないだろう。言え、元樹！」

弟の分身の顔から、薄笑いがすうと消えた。

表情を失った顔が、暗がりの中なのにはっきり見えた。弟は震える手を伸ばし、兄の腕を摑《つか》んだ。

「なんで」

振り絞るように、彼は言った。

「なんでだ――。なんで母さんは、……兄貴だけを連れていったんだ」

兄の腕を摑んだ手がわなないていた。皮膚に爪が食いこんでいる。

「おれが養子なのはわかってる。でも父さんとだって、血は繫《つな》がってなかった。なのに、なぜ」

「しかたなかったんだ」

村越さんは言った。

「母さんは会社を辞めてパートになっていた。母さんの収入だけじゃ、二人の子どもを育てるのは無理だったんだ」

彼はやさしく、弟の手に自分の手を重ねた。

「親父からの養育費は、二回振り込まれたっきりだ。あとは踏み倒された。強制執行の手続きをとってもらったが、差し押さえられる現金がないと言われて、それっきりだった。……母さんは、そうなるのが薄々わかってたんだ」

「養育費」

弟がうつろに言った。

「父さんは、――金を、払わなかったのか」

「疑うなら通帳を見せるよ。当時の入出金明細が残ってる」

村越さんは弟の手をきつく握った。

「親父がおまえになにをどう吹きこんだか、おおよそは想像がつくよ。だが事実は違う。おまえを育てるのを拒んで、母さんは離婚したわけじゃない。――それに」

声が落ちる。

「……おまえは戸籍上は養子だが、ほんとうは親父の子だ。おれとおまえは血が繋がらない兄弟じゃなく、異母兄弟なんだ。親権が親父に渡るのは避けられなかった」

弟の唇が、わずかにひらいた。

村越さんはつづけた。

「離婚理由は、親父の女関係だ。おれも離婚するまで知らなかったが、親父はたびたび浮気をして母さんを泣かせてた。母さんが正社員からパート勤務になったのも、家庭中心の生活に切り替えることで、親父の心を取り戻そうとしたからだった」

村越さんは弟に、真正面から対峙《たいじ》した。

「目を覚ませ、元樹」

真摯《しんし》な声だった。

「母さんはおまえを邪魔に思ってなんかいなかった。いまでも会いたがってる。おまえの恋人は、おれのことなんかなんとも思ってやしない。みんなおまえが目覚めるのを待ってる。なにも心配しなくていいんだ、だから早く起きろ」

分身の顔はいまや、ひどくぼやけていた。

目鼻立ちも定かではない。ぶれて、揺れている。心なしか顔だけではなく、腕も体も存在が薄い。

「大丈夫だ、元樹。——兄ちゃんが守ってやる。今度こそ守ってやるから、安心して、病院で目を覚ませ」

語尾が涙で潤む。

彼は鼻を啜《すす》った。涙がこらえきれないのか、下を向く。

その刹那《せつな》。

分身の肩が、ふっと揺らめいた。

「あ、——」

どこからともなく声があがる。

村越元樹の分身は一瞬にしてかき消えていた。あとには兄の村越岳人だけがいた。弟の手を握っていたそのままの姿勢で、呆然《ぼうぜん》としている。

ガラスの向こうで、大輪の牡丹《ぼたん》が弾《はじ》けた。

14

病院へ駆けつけるべく、村越岳人は大慌てでスカイラウンジを出ていった。

一同が彼を見送って席へ戻ると、ちょうど花火大会の目玉『スターマイン』がはじまるところだった。

短時間のうちに数十から数百の花火を連射し、間をおかず夜空に花を咲かせつづける仕掛けである。

赤や金、銀の五号玉がつづけて打ちあがり、椰子星《やしぼし》入りの銀と青がそれを追う。炸裂《さくれつ》音が響き、ぶ厚いガラス越しにも喚声が聞こえた。

「おっ」

黒沼さんが身じろぎする。

シャツの胸ポケットで、携帯電話が鳴ったらしい。「ちょっと失礼」と言い、ライトを片手で隠して操作しはじめた。

「村越くんからだった。まだ彼はタクシーの中らしいが、元樹くんが無事に病院で目を覚ましたと、彼女さんから電話があったそうだよ。『多少リハビリしなきゃいけないらしいが、冬までには復学できるだろう』ってさ」

「それはよかった」

同じく小声で、八神さんが相槌《あいづち》を打つ。

虎の尾と呼ばれる、太い尾のような火の粉を蒔《ま》きながら上へ舞いあがる花火が、クロスしながら十数発放たれた。目に染みるような青紫の火の粉だ。

「さて」

黒沼さんが携帯電話をポケットにしまい、

「――次はきみの番だ、内藤くん」

ぼくに向きなおって、微笑した。

「残念ながらぼくには霊感がないんでね、きみの姿は視えない。でも泉水ちゃんと八神くんには視えているから、うん、だいたいこのへんだよね？」

と二人に確かめてから、

「内藤くん、きみもいま、違う病室で昏睡《こんすい》中なんだよ」

ささやくようにぼくに告げた。

「でも村越元樹くんとは違って、内藤くんの昏睡は一昨日《おととい》からだ。……覚えてる？　なぜそうなったか、思いだせるかな？」

眼鏡の奥の目はひどくやさしかった。レンズに花火が映っている。

移り変わる赤、金、銀、緑、青の光を眺めながら、ぼくはようやく思いだした。

つまらない高校生活を終え、ぼくは関東の大学に進学した。

しかし馴染《なじ》めず、心を病んでわずか半年で中退した。故郷に戻って一年半休養し、一年浪人生活を送り、ブランクを経てようやく雪越大学に入学した。

しかし三歳の差は大きかった。

いや違う。大きいに違いないと思いこんでしまった。

ぼくは話しかけてくる学生を避け、サークルに勧誘してくる先輩を避け、飲み会を避けた。挨拶《あいさつ》ひとつ返さないぼくに、話しかける人はいなくなった。

構内で黒沼さんと泉水先輩を見かけたのは、梅雨前だ。

遠くから見るしかできなかった。彼らのサークルに入るのはおろか、近づくこともできなかった。

ただネットで情報だけを集めた。学生たちのSNSで、黒沼さんたちのサークルはちらほら話題になっていた。メンバーの名も、ネットで知った。

一年の前期を、ぼくは孤独に過ごした。

誰かと話したかった。話を聞いてほしかった。でも他人に近づくのも、拒まれるのも怖かった。

輪に入りたかった。寂しかった。傷つきたくなかった。笑われるのがいやだった。人が怖いのに、人が恋しかった。

だから、発作的に手首を切った。

夏休みのまっさかりで、道行く人はみんな笑顔で、楽しそうだった。下を向いて歩いているのはぼくだけだった。

耐えられなかった。アパートの浴槽で、ぼくは服を着たまま手首を切り――。その後のことは、覚えていない。

覚えていない、けれど。

呆然《ぼうぜん》と、ぼくは黒沼さんを見返した。

両脇に泉水先輩と、八神さんがいた。ぼくを視ていた。

彼らの目に自分が映っているのがわかった。誰かの視線を間近で感じるのは久しぶりだった。

なのに、すこしも怖くなかった。

「ぼくと仲良くなりたいと思ってくれて、ありがとう」

黒沼さんは微笑んだ。

「きみも村越元樹くんと同じだ。命に別状はない。ただ目覚めたくないから、目が覚めないだけだ。——でも、大丈夫だよ」

声音が胸にゆっくりと染み入った。

彼は言った。

「夏休み明けに大学で会おう、内藤くん。そのときにあらためて挨拶しよう」

その言葉を最後に、ぼくの意識が遠くなる。

視界が暗く狭まっていく。

かすかに、花火の音が聞こえた。

第二話　ウィッチハント

HAUNTED CAMPUS

1

「中世の魔女狩りに、興味はおありですか？」

文学部四年の真《ま》下陶子《したとうこ》と名乗る女子学生は、上品に小首をかしげてそう言った。

「あるある、大あり」

満面の笑みで応じたのは黒沼麟太郎部長だ。

場所は雪越大学の部室棟でもいっとう北端を陣取る、『オカルト研究会』の部室である。

とはいえ普段は『お茶会サークル』と称しても違和感がないほど、お菓子とコーヒーと雑談で満ち満ちた部室だ。壁に貼られた魔術師アレイスタ・クロウリーのポスターと、超自然現象の書物が詰まった本棚が、かろうじてオカルト研究会らしい空気をかもしだしている。

今日も今日とて、黒沼部長が上座を独占する長テーブルは差し入れの洋菓子で埋まっていた。夏休み明けの厳しい残暑を物語るように、ほとんどが涼菓の類《たぐい》である。

たとえば部長がいま嬉《うれ》しそうにぱくついているのは小山内陣の東京土産〝銀座有名店

のバニラチョコムース〟であるし、鈴木が箱から選《よ》り分けているのは、

「ほんのお礼に」

と村越岳人が持ってきたフルーツゼリーだ。

余談だが冷凍庫では、アイスクリームがまだ三つほど冷えている。先週退院した内藤彗が持参した差し入れだ。

休学はせず後期から平常どおり講義を受けるそうで、顔いろはまだよくないものの、足どりはしゃんとしていた。

「あ、鈴木くん、ぼくのぶんもゼリーとっといて。ピーチがいいな」

部長はスプーン片手に言ってから、陶子に向きなおった。

「魔女狩りのたぐいは大好物——と言っちゃおかしいが、大いに興味あるよ。異端審問官ハインリヒ・クラーメルの著作『魔女の鉄槌《てっつい》』、ジャン・ボダン『悪魔憑《つ》き』、はたまたアンリ・ボケ『妖術使叙論《ようじゅつ》』。いまとなっては魔女というオカルティックな存在の裏付けではなく、どれも人間の醜悪さと残酷さ、宗教の狂気を語るテキストでしかないけれど、だからこそ普遍的に興味をかりたてるモチーフだよね。密告、拷問、愚劣な即決裁判、厳しすぎる刑罰——。集団ヒステリーだ、野蛮な時代だと切って捨てるのは簡単だけど、いつの世にも生まれ得る、カリカチュアライズされた人間社会の縮図だと思ってるよ」

にこにこ顔でバニラチョコムースを食べる男にまくしたてられ、陶子はあきらかに面

食らった様子だった。

その隙にムースを食べ終えた部長が、空のカップを置く。

「よかったら真下さんもゼリーをどうぞ。いまなら好きなの選び放題だよ。えーと手前からメロン＆ライム、チェリー＆アップル、ベリー＆ベリー……」

「で、ではチェリーをいただきます」

化粧箱から、陶子はつやつやと輝く赤いゼリーを受けとった。横からこよみが水出しのアイスコーヒーを差しだす。

陶子はまずゼリーを一口食べ、「あ、美味《おい》しい」と言いたげにうなずいた。さらにアイスコーヒーを口に含み、同じく無言で目を見張る。

陶子は長い黒髪をひっつめにし、Iラインのシンプルなシャツワンピースにローファーという修道女のようないでたちだった。しかしフルーツゼリーをみるみる空にしていくさまは、いたってふつうの女子学生に映った。

部長が化粧箱を森司へ傾けて、

「八神くんはどれにする？　あとで来る藍くんはどうせゼリーよりアイス派だから、遠慮なく選んでいいよ」

「じゃあメロンを……。あ、灘のぶんと二つ」

お言葉どおり、森司は人気の高そうなメロンゼリーを確保した。

「鈴木くんもピーチ？　んじゃみんなが食べてる間に、ぼくは場持たせの蘊蓄でも披露させてもらおうかなあ」

と部長は揉《も》み手《で》して、

「魔女狩りと言うと、なんとなく中世前期の暗黒時代の産物だろうと思いこんでいる人が多いけど、そうじゃない。ムーブメントは十三世紀のフランスから起こりはじめ、十七世紀末にやっと下火になったものの、じわじわと十八世紀までつづいた。現代に生きるぼくらからすると、こんな蛮行がわずか三百年前まで行われていたのか、と驚いちゃうよね。

異端審問というのはもともと、キリスト教内の異端派であるカタリ派やワルド派をローマ・カトリック教会に屈服させるためのものだった。最初のうちはあくまで〝正統派でない教徒を裁く〟ため、村に審問官がのりこんでいって異端派を断罪することを指したんだ。しかし次第に、ただの異端者と悪魔崇拝者とが混同されていくことになる。熱心な異端審問官たちが、より苛烈《かれつ》に、より厳格に異端者たちを裁こうと動いた結果、告発内容に『十字架につばを吐いた』だの、『悪魔と交わった』だのという罪状を加えていったせいだ。これらは拷問によって無理やり引きだした証言に過ぎなかったが、審問では真実の自供として扱われた。

決定的に流れを変えたのは、十四世紀初頭に法皇ヨハネス二十二世が発令した『魔女狩り解禁令』だね。これにより異端審問官は、魔女を裁く権利を有するようになった。また同法皇は『魔女狩り強化令』を毎年のように出しつづけた。ローマ・カトリック教会のお墨付きを得て、異端審問官はより熱心に、勤勉に業務に取り組んでいく。すなわち拷問と火あぶりの連発だ。当時の裁判記録を読んだジュール・ミシュレはこう書いている。『ほんの数頁で諸君は心底から寒くなる。ぞっとする冷気がはらわたに沁《し》み通る。死刑、死刑、どれもこれも死刑……』。

魔女だと認定される理由はあってなきがごとしだ。いわく審問官から目をそらしたからあやしい。恐怖の表情を浮かべたから疑わしい。泣いたが涙の量が乏しかったので魔女。手足を縛って川へ投げこみ、浮かんだから魔女。体中を針で刺されて、衰弱し悲鳴もあげられなくなったら魔女――とまあ、こんな具合だった。

魔女狩りは終焉《しゅうえん》を迎えるまでに、ヨーロッパ全土で約三十万人の犠牲を出したとされる。ただし大きな論争やきっかけがあって終わったわけではなく、『いつとはなしの衰退と消滅』だそうだよ。要するに世論が醒《さ》めた、もしくは飽きたんだね。一七一四年、プロイセンでヴィルヘルム一世が魔女裁判の禁止令を出したことが事実上の終止符となり、魔女狩りの時代は終わった――というのがまあ、おおよそのあらましだ」

「ど、どうもありがとうございます」

あまりの長広舌に気圧《けお》されたらしく、陶子は椅子ごと体を後ろへ引いていた。

彼女は気を取りなおして姿勢を正し、

「えー、このたびお邪魔したのは、わたしが所属する、『ミニチュア工作サークル』の件です。うちの大学とは関係がないサークルなので恐縮ですが、社会人と学生の比率が四対六くらいなこともあって、不定期に活動しております。じつは来月ひらかれる『ドールハウス展』にうちも出品することになりまして、みなで共同制作したのがフランスのアゼ・ル・リドー城です」

「ほう。あの世界遺産の」

ピーチゼリーに取りかかりながら、部長は相槌《あいづち》を打った。

「きれいなお城だよね。十六世紀のルネサンス様式の建築……って、あ、そうか。まさに魔女狩りの時代か」

「ええ。十六世紀といえばキリスト教圏で魔女狩りが最盛期だった暗黒時代です。あんな美しいお城が建つかたわら、下界では火あぶりが日常だったなんて不思議な気がしますよね」

「まったくだ。でもこの話の流れからいうと、真下さんたちが作ったドールハウスにはその世情が反映されているのかな」

「反映というほどたいそうなものでもないんですが、ほんのお遊びで」

陶子はすこし恥じらった。

「悪ノリに近いかもしれません。お城の内装は資料と首っぴきで、大広間も図書室もなるべく忠実に再現したんです。でも地下室だけは、そのう、架空というか、想像を大いに働かせまして――」

「ははあ、異端審問官の拷問部屋があるのか」

「そうなんです」

陶子はアイスコーヒーで舌を湿して、

「展示会ということで、やはり目を惹《ひ》く仕掛けやお遊びがなけりゃ駄目だ、とみんなが言うもんですから。お城の地上部分は優雅に美しく、地下ではどす黒いことが……とのギャップを楽しんでもらおうというコンセプトなんです。すみません、悪趣味で」

「いやいや、悪趣味けっこう。そんなこと言ったらオカ研《うち》なんてキワモノ趣味のかたまりだしね。で、ぼくらになにをしてほしいの？」

「アゼ・ル・リドー城のドールハウスを、見ていただきたいんです」

陶子はグラスを置いて言った。

「いえ、正確には地下の拷問部屋と道具を見て、専門家の目で検証してもらいたいんです。じつは中世フランス史の教授に時代考証の監修をお願いしたんですが、『魔女狩り期の拷問方法や道具に関してなら、オカ研の黒沼のほうがくわしい。後期がはじまったばかりでまだ暇だろうから、いまのうちに頼め』と言われまして」

「なるほど、納得」

部長が深ぶかとうなずく。

「そっちからお鉢がまわってきたわけか。うん、検証くらいなら、ぼくらはぜんぜんかまわないよ」

「でもまさか、この場に持ってきてはいないですよね？」

森司は口を挟んだ。陶子が彼を見て、

「ええ、すみません。通常より大きめのスケールで作りましたので、そうそう持ち運びできないんです。作業場は雪大からバスで一区間の、カルチャースクールに置かせてもらっています。みなさんのバス代はもちろんお出ししますので、見るだけでも見てもらえませんか」

「いつでもいいよ」

部長は鷹揚《おうよう》に応《こた》えた。

「でもせっかくだから、泉水ちゃんが戻ってからにしよう。こよみくんも鈴木くんも、まだゼリーを食べ終わってないしね。真下さん、気に入ったようならアイスコーヒをもう一杯どうぞ」

2

森司がカルチャースクールに足を踏み入れるのははじめてだった。

なんとなくリタイヤ後のご老人や主婦が通うものというイメージがあったが、意外に利用者層は広いらしい。手軽に茶道や華道をたしなみたい若い女性、結婚前に料理を習っておきたい男性など、性別や年齢を問わず需要があるという。

「工作サークルは、二階を使わせていただいてます」

陶子の案内で、一同は階段をのぼった。顔見知りの受講生とすれ違うたび、彼女が律儀に挨拶《あいさつ》を交わす。

陶子は工作室の前で足を止めた。

「作業中ですから散らかっていますが、すみません」

謝ってから、引き戸をひらく。

森司は目を見張った。

真っ先に視界に飛びこんできたのは、アゼ・ル・リドー城とやらのミニチュアであった。ミニチュアとはいえかなり大きい。高さもゆうに八十センチはあるだろう。

工作用の台に載せられた城はいかにも中世フランスらしく装飾的で、かつ均整のとれたロマンティックな外観であった。湖畔のただ中に建っているらしく、基礎部分は水をかたどった透明な樹脂に囲まれている。真ん中から割れて内部が見える造りになっており、外観に似合った豪奢《ごうしゃ》な内装があらわになっていた。

大広間には、家の紋章が飾られた真っ白な暖炉がある。そのまわりを囲むように配置されたルネサンス様式の家具は、掌《てのひら》どころか指の上にのるくらいの大きさなのに、細部の彫刻にいたるまで精巧にできている。テーブルに並ぶ茶器や花瓶も同様だ。

大広間はビリヤード室につながっていた。緑の羅紗《らしゃ》を張ったビリヤード台があり、びろうどのソファがあり、巨大なタペストリーが壁にかかっている。

タペストリーや肖像画は各部屋にも飾られており、額縁の彫刻やタペストリーの質感まで忠実に再現されていた。

ほかにも天蓋《てんがい》付きのベッド、飾り戸棚、アーチ形の窓に、レリーフたっぷりの天井。暖炉やシャンデリアには豆電球が仕込まれて、あかりが灯《とも》るようになっている。ビリヤードの玉にはちゃんと数字が入って、ごく小さなチョークまで備わっていた。

「いやあ、よくできてるねえ」

黒沼部長が賛嘆の声をあげる。

「大広間のタペストリー、これのモチーフは旧約聖書かな。こっちは有名な『青の部屋』だね。プシュケとキューピッドのタペストリーがかかってる。この格天井《ごうてんじょう》は、ええとモールディングっていうんだっけ？　いかにもフランス・ルネサンスって感じの装飾過多っぷりがいいよねえ」

「さすが、おくわしいですね」

部長に慣れてきたのか、真下陶子は微笑を取り戻していた。

「外付けのらせん階段じゃなく、内部にしっかりした階段があるんですね」

こよみが言う。陶子はうなずいて、

「中央階段は『名誉の階段』と呼ばれ、当時においては斬新な建築様式だったそうです。ここまでは実物に忠実に制作しました。ただし、こちらの地下につづく階段からは架空のものでして……」

白い手が、地下室の部分に嵌《は》まっていた枠をはずした。

「おお、すごい」

部長が歓声をあげる。

きらびやかなお城の中には、人形は一体も置かれていなかった。だがこの地下室には、数体の人形が配置されていた。

拷問台に仰向《あおむ》けにくくりつけられた女の人形は、口に漏斗を突っこまれている。拷問吏らしき男が、漏斗へ大量の水を注ぎこんでいる。その横には、椅子に座って拷問の記録をとっている男がいた。

彼らのまわりは拷問道具のミニチュアで埋められている。梯子《はしご》型の拷問台。万力。鉄の靴。肉色に塗られた女の鉄像。各種の鞭《むち》。背面にも座面にも棘《とげ》が生えた椅子。断頭台。大きな車輪のようなもの……。

部長が低く言う。

「異端審問官たちの職務熱心さは、多様な拷問法の開発にも発揮された。水責め。生皮剝《は》ぎ。骨砕き。吊《つ》り落とし。そしてそれら専用の道具。火で真っ赤に焼いてから履かせる鉄の長靴。人体の穴に挿入して肉を引き裂く〝苦悩の梨〟。車裂き用の車輪。抱擁によって体内に植わった無数の針で異端者を突き刺す、聖母マリアをかたどった〝鉄の処女〟などなどだ」

彼は顔をあげて、陶子に尋ねた。

「失礼ながら、この肉色に塗った〝鉄の処女〟は、魔女狩りに使われたものではないね。

いや〝鉄の処女〟自体の実用性が眉《まゆ》つばではあるんだけど、これはエリザベート・バートリの所持品がモデルじゃないかな」

「そこまでおわかりですか」

陶子が瞠目《どうもく》した。

部長が森司たちを振りかえって、

「いちおう説明するね。エリザベート・バートリとは、己の美を保つために何百人もの若い娘を殺し、血を浴びたという俗説を持つハンガリーの伯爵夫人だ。彼女は拷問道具に対しても美意識を持っていたようで、自分だけのオリジナルの〝鉄の処女〟を作らせた。よくある聖母マリア像ではなく裸の女体で、本物の人毛を植え、化粧をほどこし、胸には宝石をネックレス形に嵌めこんだという。スイッチを入れると目がひらき、歯を剝《む》いて笑いながら犠牲者を抱きしめ、針の生えた内部に閉じこめる仕掛けだった――と、ものの本には載っているね」

「史実的に、まずいでしょうか」

陶子は不安そうだった。

「バートリ夫人の〝鉄の処女〟はあくまで個人の持ち物ですものね。フランスとハンガリーでは、かなり離れていますし」

「いやいや、そんな気にすることないんじゃない」

部長は手を振った。

「こっちの水責めされている女性は、ブランヴィリエ侯爵夫人？」

「そうです。彼女の死は十七世紀のなかば過ぎで、魔女狩りの最盛期は過ぎているんですが、いわゆる火刑法廷で裁かれ、拷問も受けたそうですから……」

「べつにいいんじゃない？　ブランヴィリエ侯爵夫人が毒殺の罪で捕縛され、拷問を受けたのが一六七六年。アゼ・ル・リドー城が建ったのが、ええと一五二七年？　城の持ち主は何度か代わっているから、この時代の城主がちょっぴり残酷趣味で、バートリ夫人の拷問道具を模して所持していたという設定でもさほどおかしくはないさ。ぼく個人は、とくに問題ないと思うよ」

「よかった」陶子は胸を撫《な》でおろした。

「ところで、もうひとつお願いがあるんですが」

「なに？」

「作品の監修に、雪越大学オカルト研究会の名前を付記させていただきたいんです。駄目でしょうか？」

「ああ、別にいいよ」

部長はかすかに苦笑した。

「真下さん、意外に駆け引き上手だなぁ。そっか、そういう目的もあったわけね」

「すみません」

はじめて陶子はすこし悪戯《いたずら》っぽく笑った。

「やっぱり展示会ですから人目を惹《ひ》きたいですし、そのためには監修のお墨付きがあったほうが、品書きに箔《はく》が付くということで……」

「じゃあ監修には中世フランス史の教授と、ぼくらオカ研の名が並ぶわけだ」

「そうさせていただければ嬉《うれ》しいです」頭を下げた陶子に、

「話がついたんなら、いいか？」

と横から泉水が話しかけた。

「真下さんだっけか。すまないが、向こうのジオラマも見せてもらっていいか。廃墟《はいきょ》のやつと石油コンビナートが見たい」

「ああはい、どうぞ。みなさんもよろしかったら是非ご覧になっていってください。このアゼ・ル・リドー城はまだ完成していませんが、壁際に展示してあるものは過去に発表した完成品です」

「あのう、作り方ってお聞きしてもよろしいですか？」

こよみがおずおずと手を挙げる。陶子の顔が輝いた。

「ええ、もちろんです。ドールハウスに興味がおありなら、いくらでも。たとえばこの中だと、どれが気に入られました？」

「左から二番目のは、『ロード・オブ・ザ・リング』のビルボのおうちですよね。それから右端の日本家屋も素敵。土間があって、竈《かまど》が並んで、囲炉裏が切ってあって……」

「そ、そうだな。素敵だ」

森司は話に加わりたい一心で、わけ知り顔にうなずいた。

得々と陶子がドールハウスについて講釈をはじめる。森司はこよみとともに、それをふむふむと傾聴した。

その間に黒沼部長は拷問道具のミニチュアを熱心にデジカメで撮影していたし、泉水は鈴木と肩を並べ、

「この廃墟はデトロイトの工場地帯だな。見ろ、ここにパッカード自動車工場がある。こっちの教会は略奪されきって跡形もない」

「世紀末感ありますなあ。ゾンビ映画の舞台や言うても通りそうですわ」

などと興味深げに話し合っていた。

結局、オカ研一同は予定よりはるかに長居してしまい、カルチャースクールを出られたのは夕方六時過ぎであった。

まさか真下陶子が翌週にふたたび部室を——今度は血相を変えて——訪れることになるとは、その時点では誰ひとり知るよしもなかった。

3

残暑厳しい午後だった。

森司は珍しく誰もいない部室で、手製の弁当を広げていた。

昨夜炊いた白飯の残りを夜のうちに握っておき、朝に焼きおむすびにしてきたのだ。ねぎ味噌《みそ》ならぬ大葉味噌を作っておむすびに薄く塗り、オーブントースターで焼いただけのものである。しかし焦げた味噌が香ばしく、冷めても美味《うま》い。

おかずは同じくアパートの庭にわんさと生えている大葉をフル活用し、刻んだ大葉入りの炒《い》り玉子、豚バラと茄子《なす》と大葉の炒《いた》めものにした。

一個目のおむすびを胃におさめ、さて二個目——と手を伸ばしたところで、引き戸が勢いよく開いた。

「あの、教えてください！」

突然の叫びに、森司は目を白黒させた。

おむすびを飲みこんだあとでよかった、と心から思う。そうでなければきっと喉《のど》に詰まらせていただろう。動悸《どうき》を鎮めつつ、彼は顔を上げた。

闖入者《ちんにゅう》は、真下陶子であった。入っていいかとも聞かず、つかつかと早足で森司のもとへ歩み寄ってくる。

「教えてください」

「え、あ、はい」

森司は箸《はし》を片手にうなずいた。

陶子は先日の落ちついたたたずまいとは打って変わり、度をなくしているようだった。顔つきが違う。心なしか白目が血走っている。

「こちらのサークルは祟《たた》りとか呪いとか、そういうのが本来の専門なんでしょう？　つ、作ったばかりのドールハウスが祟るなんて――そんなこと、有り得ます？　そんな事例って、いままでにありましたか、ねえ？」

そう詰め寄られ、森司はひたすら戸惑うしかなかった。

森司が飛ばしたグループＬＩＮＥのメッセージを受け、黒沼部長が部室に戻ったのが約十分後。こよみと鈴木の到着は十五分後であった。

「――例のアゼ・ル・リドー城が、怪現象を起こしているようなんです」

沈鬱《ちんうつ》な面持ちで、陶子は言った。

「怪現象って？」と部長。

陶子はややためらってから、

「なんというか、あの……特定の人物に、祟っているようでして」

「特定の人物ねえ。それはサークルのメンバー？」

「ええ。社会人なので、最近は制作よりイベント手続きや搬入などを担当している会員です。そろそろリドー城を会場へ運搬する手順を考えなくてはいけないので、打ち合わせに出席してもらったんですが、その日以来……」

「怪現象が起こりはじめたわけだ」

「そうです」

真下陶子は、こめかみを指で押さえた。

「すみません、こんな説明じゃなにも伝わりませんよね。なるべく順を追ってお話しします。ええと、そのメンバーは星島正彦《ほしじままさひこ》さんといって、社会人四年目の二十六歳。雪大のOBで、いまは進学塾の講師をされています。そのかたがですね、リドー城に触って以来、不可解な事故に何度も遭われるようになって」

「不可解な事故ねえ。具体的にどんな？」

「おかしな話なんですが……」

陶子は唇を舐《な》めた。

「一度目のアクシデントは、先週の土曜です。星島さんの上にガラスが落ちてきたんです。上げた窓枠の下部がはずれて、ガラス部分だけが落下してくるという事故でした。彼はちょうど窓から首を出して、外の車に合図をしているところで……。背後にいた人が気づいて引き戻さなければ、きっと首の真上に落ちていたでしょう」

「そりゃ穏やかじゃないね」部長が相槌《あいづち》を打って、

「それで二度目は？」

「翌日の日曜、つまり昨日起こりました。このときは貴重品を入れる大型金庫に、星島さんが閉じこめられてしまったんです。彼が戻ってこないと気づいて捜しにいった会員が、金庫から洩《も》れる悲鳴を聞いて大騒ぎになりました。金庫はもちろん密閉型ですから、あのままみんなが帰っていたら、星島さんは窒息死していたはずです」

陶子は眉《まゆ》をひそめて、

「その後、救出した星島さんを工作室に運んで介抱しているときでした。会員のひとりが——、あの、気づいたんです」

「なにがですか」

思わず森司は尋ねた。

陶子は彼を見て言った。

「リドー城の、あの地下室……。あそこに置かれたミニチュアの〝鉄の処女〟に、星島さんの人形が入れられていました」

「星島さんの人形？」

部長が問う。陶子は答えた。

「先日はお見せしませんでしたが、じつはお遊びのひとつとして、会員全員の人形も作製してあるんです。女性会員はメイド、男性会員は庭師や従僕の格好をさせて、城のあちこちに配置する予定でした。星島さんは執事役でしたから、衣装がすこし違って目立つんですが……その人形が〝鉄の処女〟に、いつの間にかおさまっていたんです。まるで金庫に閉じこめられる未来を、予言していたみたいに」

「その人形に誰か、触った形跡はないんですか？」とこよみ。

「リドー城も人形もずっと工作室にありましたから、誰でも触れるのは可能でした。でも工作室には必ず誰かしらいましたから、細工はできるようでできない状況だったと思います」

陶子はまぶたを伏せて、

「話をつづけますね。わたしが星島さんの人形を〝鉄の処女〟から取りだしていると、会員の小田《おだ》さんが『そういえば』とつぶやきました。『そういえば昨日も星島さんの人形が、おかしな位置にあった』と。『そのときはさほど気にしなかったけれど、断頭台の上に寝かせてあったの。ねえ、昨日のガラス、あれがもし首の真上に落ちていたら、まさしく……』

慌てて『やめてよ』と止めました。でも女性会員は青くなるし、男性の何人かが『ひどい悪戯《いたずら》だ』と怒って犯人探しをしようとするしで——もう、手がつけられなくなってしまって」

「あのう、窓枠はどうして壊れたんです？」

挙手して森司は問うた。

「老朽化ですか」

「原因はわかりません。でもガラスが突然落ちるほど、腐蝕《ふしょく》した枠でなかったことは確かです」

「金庫の件も不思議だ。どうしてまた、星島さんは金庫なんかに閉じこめられたんでしょう」と部長。

「貴重品を入れるためかがみこんでいたら、後ろから押されたような衝撃があったそうです。あっという間もなく扉が閉まって、なすすべもなかったとか。不可解な話でしょう？　ともあれ時間もだいぶ遅かったので、そのときはみんなをなだめて、後日調べようと言い合って解散したんです。なのに、昨夜のうちに——」

「またなにかあったんですね」

「ええ」陶子がうなずく。

「——星島さんが、自宅のお風呂《ふろ》で溺《おぼ》れかけたんです」

彼女の声はかすれていた。

「奥さまが言うには『やけに静かだから、様子を見にいったら沈んでいた』そうで……。ぞっとしたのは、今朝わたしたちがリドー城を見に行ったときです。水責めの台に、ブランヴィリエ侯爵夫人ではなく星島さんの人形が寝かせてありました。でも、そんなわけないんです。カルチャースクールはもちろん夜間に鍵《かぎ》がかかります。誰ひとり、工作室に出入りできたはずはありません」

「うん。そりゃあ確かに怪現象だ」

部長が腕組みした。

「あのアゼ・ル・リドー城は会員全員の共同制作だって言ってたよね？　なんでまたその人だけに被害がいくんだろう。星島さんというのは、まわりの恨みをかいやすい人だったりするの？」

「まさか。穏和なやさしい人です」

陶子は言下に否定した。

「だからよけいに気味が悪くって。なにがどうしてこんなことが起こっているのか、見当もつかないんです」

「ふうむ」

部長はさらに考えこんだ。

「ところで真下さん、さっき『奥さま』と言ってたからには、星島さんは既婚者だよね。お子さんはもういるのかな」

「います。今年二歳になる息子さんが」

「そりゃまずいかも」

「まずいって、なにがです」

陶子が目に見えて青ざめた。部長が彼女を手で制して、

「いや、万が一——あくまで万が一の話だよ。それがもしほんとうに彼を狙っての怪現象だとしたら、矛先は星島さんの愛する者や、より弱い者に向く可能性がある。二歳児じゃあまだ自分の身は守れない。第一次反抗期の真っ最中だろうから大変だけど、ここは奥さんに付きっきりで見ててもらうしかないね」

ふっと部員を振りかえる。

「ところで八神くん、鈴木くん。こないだカルチャースクールでリドー城を見たとき、どうだった？　なにか変な感じはあった？」

「いえ、とくになにも」

森司は首を横に振った。鈴木も彼に同意する。

「そっか、うーん」

部長は考えこむように顎《あご》へ手をやって、

「ともかく、まずは星島さん本人に会ってみなくちゃだね。真下さん、悪いけど彼に連絡とって、明日か明後日《あさって》に時間がとれるか訊《き》いてみてくれない？　塾講師なら午前中は空いてる日が多いよね。一時間、いや三十分でいいからとお伝えして」

4

星島正彦はひょろりと長身の、やさしそうな童顔の男だった。

明るい色に染めた髪や、なで肩の体形とあいまって、塾講師というより学生のアルバイターのようだと森司は思った。しかし星島が、

「じつにどうも、妙な話を持ちこんでしまって申しわけない。みなさんは現役の雪大生なんだってね――」

と話しだした瞬間、その印象は一変した。

いい声なのだ。豊かなバリトンとでも言うか、落ち着いていて深みがある。この声で授業をされたなら、百人中九十人が聞きほれるだろう美声であった。

場所は星島一家が住むアパートの一室である。

いわゆるメゾネットタイプで、一階は水回りと十二帖《じょう》のリヴィングダイニングになっていた。カーテンを開けはなした窓越しに、隣の月極駐車場が見える。

リヴィングに通された一同はテーブルを囲むかたちで、端から順に森司、こよみ、泉水、部長、そして陶子の順に座っていた。鈴木は今日は残念ながらバイトで不在である。

迎える家主の星島はといえば、片腕に幼い息子を抱いていた。

ネイビーのナイキのTシャツを着た息子の圭《けい》くんは、星島によく似ていた。とはいえ父より男らしい濃い眉で、なかなかの男前だ。

「家まで来てもらっちゃって、すまないね。なにしろ子どもがまだちいさいもんで、仕事以外ではなるべく家を離れないようにしてるんだ。工作サークルのほうも、いまはイベント前後の参加だけにさせてもらってるし……。しかしオカルト研究なんてサークルが雪大にあったとは驚きだな。ぼくの在学中にもあったかな？」

「五年前に創部したんですよ。星島さんの卒業と、行き違いだったかもしれません」

黒沼部長は微笑んで、

「ところで一昨日《おととい》の夜、浴槽で溺れたとお聞きしました。その後は大丈夫ですか。後遺症はありませんか？」

「ああ、とくに問題はないようだ。いちおう医者に行ったが、異常は見つからなかったよ。千砂《ちさ》が――妻が早く気づいてくれたおかげだろうな」

星島はキッチンで立ち働く妻を振りかえり、微笑んだ。

部長が指を組んで、

「聞くところによると、お風呂の一件の前にもガラスが落ちてきたり、金庫に閉じこめられたりの騒動がおありだったとか」

「じつはそうなんだ。不気味だし、わけがわからなくてね」

星島は眉根《まゆね》を寄せた。

「おまけにドールハウスの人形がどうとか、サークルのみんなが騒ぎだしただろう。その反応も大げさすぎるし、第一なぜ対象がぼくなのかさっぱりわからない。確かに今回のリドー城にはちょっとばかり悪趣味な仕掛けがあるが、ぼくは制作にノータッチだし、星島人形だってぼくが作ったわけじゃ——って、あの人形は誰が作ってくれたんだっけ？」

「わたしです」

恥ずかしそうに陶子が手を挙げた。

「ああそうか、真下さんか」星島はうなずく。

「まあそういうわけで、一連の制作から遠いぼくがなぜ巻きこまれたのか、皆目見当がつかないんだよ。悪い悪戯《いたずら》としか思えないが、どうしてぼくが狙われたんだろう」

その表情に嘘はないように見えた。

でも、と森司は思った。

——でも、この人の背後にはなにかいる。

なにかが憑《つ》いている。

森司は泉水と素早く目を見かわした。

オカ研の中で霊感があるのは森司、泉水、鈴木の三人だ。その中で一番〝強い〟のは泉水である。森司には薄ぼんやりとしか視えないが、泉水には明瞭《めいりょう》に視えているかもしれない。

泉水が黒沼部長の耳になにかささやいた。

部長が首を縦にし、

「星島さん、あなた——」

そこまで言いかけてやめたのは、妻の千砂がお茶の盆を持ってくるのが見えたからだ。

千砂は会釈して盆を置くと、ひとりひとりの前に麦茶のグラスを配った。

揃いの品がないのか、グラスは高さもデザインもまちまちだった。麦茶は薄くてぬるく、一目で急ごしらえとわかった。やっぱり幼児を抱えたお母さんは大変なんだなあ、と恐縮しながら森司はグラスを受けとった。

「冷えてなくてごめん」

星島に小声で謝られ、いえいえ、と苦笑で返す。

「千砂、すまないが真下さんたちと話があるんで、圭と二階に行っててくれないか」

「ええ」

星島が息子を妻に渡そうと差しだす。千砂が腕を伸ばし、圭を抱きとろうとする。

だが途端に圭は、火がついたように泣きだした。

「やぁだ、やぁだ！　やだやだ！　うぁあああ！」

「あれ、まーた圭のいやいやか」

星島が眉を八の字に下げる。

「ほら圭、ママんとこ行きなさい。ママ好きだろ？　パパはね、これからお客さんと大事なお話が……」

「やぁだ、やぁだ！　やだあああ！」

圭はいっそう激しく泣きだした。その背中をあやすように叩《たた》きながら、星島は苦笑顔をオカ研一同に向けた。

「申しわけない。うちの子はいま、いやいや期のまっさかりでね。いったんこうなると手が付けられないんだ。悪いが、圭を抱っこしたままでもいいかな」

「俗に言う〝魔の二歳児〟ってやつですね。ご苦労さまです」

目を細める部長に、星島はあいた片手で拝んでみせた。

「ご理解ありがとう。二年辛抱すれば〝天使の四歳児〟サイクルがやってくるらしいんだが、それまでがしんどいよ。――じゃあ千砂、きみだけでも二階で休んでいなさい。昨夜もろくに寝てないんだろう？」

千砂は無表情にうなずいた。

立ちあがって階段の方向へ消える妻を見送ってから、星島はいま一度「申しわけない」と言った。

「妻もいっぱいいっぱいなんだ。慣れない土地で、はじめての育児を頑張ってもらってる。ほんとうに頭が下がるよ」

「慣れない土地ということは、奥さんはこちらのかたじゃないんですね」

こよみが言う。星島は首肯して、

「宮城の生まれだ。進学でこっちに来て、バイト先でぼくと知り合った。家庭の事情で里帰りできなくてね、この二年間、なんとか夫婦の二人三脚でしのいでるよ」

と、圭を揺すりながら微笑んだ。

偉いなあ、と森司は感心した。しかしいまどきの子育てとはこういうものかもしれない。核家族が増え、高齢化社会で介護問題が急増し、おいそれと親に頼れなくなった若夫婦は多いだろう。

おれもいつかわが子ができたら、愛する妻と二人三脚で頑張らなくてはな――、と森司は自分に言い聞かせた。

男性の育児参加が当たりまえとなった現代ですら、いまだ母親の負担は多いと聞く。彼女にいらない心労をかけぬよう出産後は率先しておれが動かねばなるまい。それはそうとして、最初の子どもは彼女似の女の子のほうがいいな。昔からよく一姫二太郎と言うし、女児は比較的育てやすいとか――などという薄ら甘い夢想を、

「金髪の少年に心あたりは？」

泉水の声が唐突に裂いた。

「え？」

星島が問いかえす。

泉水は半目で、彼の肩あたりを凝視していた。

「体がまだできあがっていないから、たぶん高校生。もしくは発育のいい中学生。金髪じゃなくて、金に近い茶髪か。切れ長の奥二重。薄い唇。左耳に小さなほくろ。……心あたりはありますか」

「金に近い茶髪で、切れ長の奥二重？　それなら、中畝《なかうね》かな」

「中畝とは？」

「塾で教えてる生徒だよ。耳にほくろがあるかは覚えてないが、うちの塾で髪を染めてる子はあいつくらいしか思いあたらないな。で、中畝のやつがどうかした？」

「あなたの肩あたりに憑いているんです。髪を脱色した少年が」

星島はぎょっとしたように体を強張《こわば》らせた。あやうく圭を落としかけ、慌てて抱きなおす。

泉水は半目のまま言った。

「ご心配なく。そいつはあなたに危害を加えようとは思ってない。むしろ――」

ちらりと泉水に目線を向けられ、森司は急いでうなずいた。

「はい。害意はありません。むしろあなたを、なんというか……守ろうとしてる、と感じます」

「守る？　おれを？」

星島は目をまるくしていた。

「まあそりゃ講師の中では慕われてるほうだと思うけど、中畝に守られるほどの恩を売った覚えはないな。いやドールハウスに祟《たた》られる覚えもないんだけどね。まいったな、本気でわけがわからないよ」

星島は息子を抱いたまま、弱りきった顔でかぶりを振った。

泉水が言う。

「いや、あなたに憑いてる少年は、たぶんその中畝某《なにがし》じゃない。おれの視たところ、彼は死んでから十年近く経っている」

「死……」

星島はつばを飲みこんだ。

「つまり、幽霊ってことか」

黒沼部長がつづきを引きとって、

「咄嗟《とっさ》にあなたが思いだせないってことは、そう親しい間柄じゃなかったんでしょうね。しかし彼は確かになにか知っていそうだ。あとでアルバムでも確認しておいてください。これだと思いあたる人物を見つけたなら、すぐこちらへご連絡を」

と、電話番号とIDを書きつけたメモを手渡した。

5

つづいて一同は工作サークルの会員である小田と、カルチャースクールのロビーで待ち合わせた。

小田は星島を模した人形が、ドールハウスの断頭台に寝かせられていたと気づいた女性である。

「えー？　星島さんが誰かに恨まれるとか憎まれるとか、ちょっと想像つかないですよ。だってすっごく面倒見のいい、やさしい人ですもん」

被服科の専門学生だという彼女は、自販機のドリップコーヒーを吹いて冷ましながらそう言った。

「塾でも人気が高いらしいですよ、教えかたがうまいって。やっぱりあの声のおかげかなあ。つい聞きほれるし、説得力を感じちゃうっていうか」

隣で真下陶子が「わかるわかる」と言いたげにうなずいている。

小田は髪の毛をいじりながらつづけた。

「人形になんで気づいたかって？　そりゃ星島さん人形だけが、執事の衣装だからです。目立つし、あの衣装作ったの、わたしですしね。ちゃんと資料を見て、当時のスタイルを忠実に再現したんですよ」

「なぜ星島さんだけ衣装が違うんです？」

尋ねたのはこよみだった。小田は小首をかしげて、

「うーん。なんとなくメイド頭なら真下さん、執事なら星島さんって決まったんです。満場一致、異議なしって感じでね。真下さんはいつも仕切ってくれますし、星島さんはサークルの中心人物だから当然っちゃ当然ですけど」

「星島さんはいま作品制作にノータッチみたいだよね。それでも中心人物のままなんだ？」と部長。

「制作に関われないのはしょうがないですよ。まだお子さんがちいさいし、それに奥さんが育児ノイローゼらしいし」

「ほう、育児ノイローゼね」

部長は鸚鵡返《おうむがえ》しにして、

「息子さんにはぼくらもお会いしたよ。圭くんだっけ。今年二歳になるっていうから、扱いが難しい時期だよねえ」

「そうそう、圭ちゃんです」

小田は声を弾ませた。

「二歳どうこうっていうより、もともと奥さんにあんまり懐いてないみたいですよ。パパ大好きっ子で大変だって。星島さんが塾に行ってる間、あんまり泣き声がひどいんで

児童相談員が訪問したこともあったとか。家庭がそんなんじゃ、サークルどころじゃないですよね」

と肩をすくめる。その横でやはり、陶子がしきりにうなずいていた。

部長は質問を変えた。

「ところで小田さんは、金に近いくらい茶髪の少年って知ってる？　高校生くらいの背格好《かっこう》らしいんだけど」

「高校生、ですか？」小田は目をしばたたいた。

「さあ、うちのサークルに高校生はいませんから。中高生のことなら星島さんに訊《き》いたほうが早いんじゃないですか。なにしろその年代のエキスパートだもん」

とぼけている様子は見られない。

「そうだね。そうしよう」

部長はあっさり引き下がった。

カルチャースクールを出ると、九月の陽射しが真上から降りそそいでいた。

暑いというより熱い。アスファルトから立ちのぼる陽炎《かげろう》が、熱湯の上で揺らめく湯気さながらだ。

前方で部長とこよみが肩を並べ、「フランス・ルネサンスがどうたら」、「ラブレーが、デ・ペリエが」などと話しているのを、森司は汗を拭《ぬぐ》いながら眺めた。

横を歩く泉水が、ふっと森司に問う。

「おい、こないだ居酒屋で出くわした元コーチとやらに、あれから会ったか」

「あ……いえ、あれ以後はとくに、どうってこともなく」

森司は口ごもった。

「どうってこともなく、か？　雪大《うち》の陸上部に新しいコーチが来たって聞いたぞ。名前は鴻巣一史。おまえの耳にも入ってるんじゃないのか」

「……じつを言うと、はい」

うなだれる森司に、泉水がつづけた。

「近ぢか大学構内で顔を合わすかもしれねえな。だいぶ嫌われてるみたいだが、おまえ、いったいなにをやらかした」

「なにもしてません」

反射的に声をあげてから、ふたたび森司はうつむいた。

「……鴻巣コーチには、中学のとき指導を受けたんです。なにもしてませんが、おれは彼の視界に入るたび怒鳴られてました。『覇気がない』、『負けたのに、なんでもっと悔しがらないんだ』、『そんなんだから、おまえは万年補欠なんだ』って――」

「なるほどな」泉水が嘆息する。

「熱血体育会系コーチには、八神タイプは受けが悪いだろうな。おまえの友達の……浩太だったか？　あいつくらいわかりやすくないと」

「はい。浩太は鴻巣コーチのお気に入りでした。ポジティヴで着火が早くて、勝ちに貪《どん》欲《よく》な典型的スポーツマンですから。逆におれはいつも言われてました。『津坂を見習え』、『おまえみたいな、負けて平気なやつはコースを走るな』って」

「走るな、はひでえな」

泉水はちょっと笑ってから、

「まあ、あの夜はおれたちだけだったからいいが」と真顔に戻った。

「今後もし大学構内で出くわして、その場にこよみがいたら言いかえせよ。あんなふうに言わせせっぱなしにしておくな」

「言いかえす……ですか」

それはちょっとハードルが高い、と言いかけた森司を泉水は制して、

「おまえが争いごとに向かないのは知ってる。だが女の前で、むざむざと恥をかくたねえだろ」

と言った。

「惚《ほ》れた女の前で格好付けずに、男がいつ格好付けるんだ」

「っ、……──」

森司はなにか言いかけ、やめた。

「そう──そうですね。はい」

深ぶかとうなずく。

肩をすくめて歩きながら、おれも変わったなあ、と森司は思った。

入学当時にこんな言いかたをされたなら、「そりゃ泉水さんみたいな人なら格好付けて様になるだろうけど、おれなんかじゃ」と逆に卑屈になっていたはずだ。

でもいまは違う。

べつだん性格が急変したわけでも、小心ぶりが消えたわけでもない。だが素直に「そうだな」と受け入れられる。

揺れる逃げ水の向こうに、バス停留所の標識が見えた。

6

バスを降りてすぐ、「研究室に戻る」という院生二人と別れた。

彼らの背に手を振ってから、残ったこよみと自然に目を見かわす。

数秒、奇妙に張りつめた沈黙が流れた。

いかん、と森司は内心で己を叱咤《しった》した。一時期いい感じだったというのに、タウン誌の件でまた彼女を過剰に意識するようになってしまった。

同学年とはいえおれのほうが年上なのだから、ここはひとつリードする感じで、さりげなくスマートに会話を誘導しなくては。

森司は咳《せき》で声をととのえて、

「ち、ちょうど昼どきだし、ひさしぶりに『白亜《はくあ》』でランチでもどうだ？」

咳の甲斐《かい》なく、声がうわずった。しかし間髪を容《い》れずこよみが「はい」とうなずいてくれる。

「わたしも、そろそろ『白亜』に入りたいなって思ってたんです」

「そっか、うん、気が合うな。じつに奇遇だ。よし行こう」

両肩に緊張を漂わせつつ、二人は大学近くの名物喫茶店へとぎこちなく向かった。

ランチタイムだけあって、『白亜』は混んでいた。

いつの間にかウエイトレスが見慣れぬ子に変わっている。右へ左へ大わらわな彼女に「二名」と指で報《しら》せて、森司はあいているボックス席に帆布かばんを置いた。

こよみが対面席に腰をおろす。窓から射しこむ陽光が、彼女のつややかな黒髪に光の輪を作る。

夏前にすこし短くした前髪がまた伸びて、もとの長さに戻ったようだ。心なしか前髪が長めなほうが、彼女の黒目がちな瞳《ひとみ》が際立つ気がする。濃い睫毛《まつげ》が、真夏でも白かった頬に陰影を落としている。

——まずい。こよみちゃんが今日も可愛い。

いや、まずいと言ってはおかしいか。まずいと言うより、やばい。おれがやばい。目が吸い寄せられて離せない。

彼女の髪、彼女の頰、彼女の瞳――。思わず見とれてしまう。造作が美しいからではなく、彼女の存在そのものに惹《ひ》きつけられる。かもしだす空気というか、たたずまいがいとおしい。

――こんな子と、おれ、雑誌に載っちゃったんだなあ。

並んで掲載されただけでも恐れおおいというのに、ベストカップルなどという冠までいただいてしまった。しかもこよみ本人から苦情はとくになく、周囲から「身のほど知らずが」と石を投げられることもなく、なんとなく生ぬるく見逃されている。

――ああ、こうして一生こよみちゃんと向かい合っていたい。

この席を動きたくない。いっそこの店内で人生を終えたい。店のオーナーでもあるマスターはさぞ迷惑だろうが、このまま正面から彼女を見つめつつ灰になりたい。

などと物騒なことを考えていると、

「いらっしゃいませ。こちらメニューどうぞぉ」

頭上からウエイトレスの陽気な声がした。

「お決まりになったらお呼びくださーい」

と、水のグラスを二つ置いて去る。

「あ、メニューな。そうだメニュー……」

そういえば意中の乙女を見つめに来たのではなく、昼飯を食いに来たんだった。森司は急いでメニューをひらいた。

しかしわれながらストーカーくさい妄想をしてしまった、と内心で猛省する。

いやおれの脳内は常からストーカーチックではあるのだが、それにしたって他人様《ひとさま》の店で死ぬのは夢想とはいえ迷惑すぎる。もっと平穏かつピースフルな妄想につとめなくては――と己を戒めつつ、

「灘はなんにする？　メニューはべつに変わりばえしないけど、いちおう……」

いちおう見るか、と言いかけて森司は言葉を呑《の》んだ。

正面に座る灘こよみが、なぜかぼうっとこちらを見つめていた。

長めの前髪の下で双眸《そうぼう》が潤んでいる。気のせいか頬が上気し、ほんのりと赤らんでいる。もの言いたげな唇はかすかに半びらきだ。

「な――灘？　どうした、眠いか？　疲れたのか」

慌てて声をかけると、はっとこよみが覚醒《かくせい》した。

「あ、え、すみません。あの、ついぼんやりしちゃって」

「いやいいんだ。わかるよ。おれもさっきまでぼけっとしてた」

言いながら、森司は気づいた。

そうだ、さっきおれがぼうっとしていた間、そういえばずっと彼女と目が合っていた。

ということはつまり彼女のほうもおれを見ていたわけで、つまり見つめ合っていたわけで――。

「あの、灘」

「はい」

「お――おれ、なんか変？」

こよみの唇が「え？」のかたちにひらく。森司は頭を掻《か》いた。

「いや、なにかおかしいとこがあって見てたのかなって……」

「あ、いえ、そんな」

こよみが激しく両手を振った。

「そうじゃなくてですね、あの」

「うん」

「あの……こ、この人と一緒に雑誌に載ったんだなあ、って思って……」

テーブルに沈黙が落ちた。

まずい。森司は窓に向けて顔をそらした。今度こそまずい。そしてやばい。なにがやばいっておれがやばい。顔の筋肉が緩んで、勝手ににやけていく。

「五冊、買っちゃったんです」こよみが言う。

「そ、そうか」

森司は顔をそむけたまま、意味なく水をがぶがぶ飲んだ。

「観賞用と、観賞用スペアと、保存用、本棚に飾る用、ま――」

「ま？」

「いえ、なんでもないです」

こよみが、今度は両手とともに首まで激しく振った。

森司は額に滲《にじ》んできた汗を拭《ぬぐ》った。暑い。さっきまで冷房が効きすぎだと思っていたのに、いまはやけに暑い。というか首から上が火照ってしょうがない。耳たぶはきっと真っ赤なはずだ。

「お、おれも――」

喉《のど》につかえる言葉を押し出した。

「おれも、灘みたいな子と……、いや、じゃなくて。〝みたいな〟じゃなくて」

かぶりを振り、言いなおす。

「灘と、雑誌に載れて、あんなふうに紹介してもらえて、嬉《うれ》しいよ」

三たびの沈黙があった。

森司の喉仏がごくりと動いたとき、

「ご注文お決まりですかぁ？」

頭上からふたたび明るい声がした。

「あっ！　あっはい、おれ、ナポリタンセット。コーヒーは食後」

「わたしは、あの、オムライスセット。同じくコーヒーは食後で」

過剰な早口で答える二人を後目《しりめ》に、「ナポセット、オムセット各イチ入りましたぁー」

ウエイトレスが居酒屋店員のごとき威勢よさで叫んだ。

7

〝金に近いほど髪を脱色した少年〟が誰かわかったと、星島正彦から連絡があったのは翌日の昼前であった。

「言われたとおりにアルバムを見ていたら思いだしたよ。中学時代の、二学年下の後輩だ。名前は赤石凌平《あかいしりょうへい》。当時の後輩に電話してわかったことだが、彼は高校に進学してすぐオートバイの自損事故で亡くなっていた」

ハンズフリー機能にした黒沼部長の携帯電話から、星島の美声が流れてくる。

その場にいたのは、部員全員と真下陶子であった。星島はまだ自宅にいるらしく、圭がむずかる声がかすかに聞こえた。

星島は沈んだ口調で言った。

「早世した後輩を真っ先に思いだせないなんて、薄情なやつだと思うだろうね。言いわけになるが、さほど親しい後輩じゃなかったんだ」

部長が問う。

「赤石さんはどんな生徒でした？」

「一言で言って、やんちゃな子、かな。教師や保護者たちは不良だと言ってたが、それほどたちの悪いやつじゃなかったよ。ただ短気で喧嘩《けんか》っ早いところがあった。それにきみたちが『高校生か、発育のいい中学生』と形容したとおり、体が大きくてね。言葉づかいが乱暴で大柄というだけで、怖がる生徒もいたようだ」

言いまわしに気を遣っているな、と森司は察した。要するにあまり評判のよくない生徒だったらしい。

「うちの部員は、『赤石さんはあなたを守っているようだ』と主張しました。例の怪現象から、庇護《ひご》しているようだとね。赤石さんに守られる理由に心あたりはありますか？　たとえば過去、彼に恩をほどこしたとか」

「いや、全然だ」

星島の声に困惑が滲んだ。

「むしろ逆だよ。赤石には申しわけないことをしたと思ってる」

「申しわけないこと？」

「あいつは一年生の夏まで、サッカー部だったんだ。そしてぼくは、サッカー部の主将だった。……赤石が部を辞めると言いだしたとき、ぼくは強く止めなかった。自由意志を尊重したつもりでいたからだ。でもあいつは退部以後、喧嘩沙汰《ざた》を繰りかえし、学校をさぼって繁華街をうろつくようになってしまった」

声音に苦渋が満ちていた。

「わかるだろう。ぼくはあのとき、赤石を引き止めるべきだったんだ。休部を勧めて、せめて籍だけでも残しておいてやるべきだった。馬鹿だったよ、まったく」

「そんな」

森司は口を挟んだ。

「そんなことないですよ。主将とはいえ、星島さんだってまだ中学生だったじゃないですか。責任を感じる必要なんてありません」

なぜか熱をこめてそう言いつのってしまったのは、自分の中学時代と重ね合わせたせいだ。森司はサッカー部ではなく陸上部だったが、同じ体育会系でおおよその雰囲気はわかる。

万年補欠の身とはいえ、主将や顧問を恨んだりはしなかった。あれほど怒鳴られて邪険にされた鴻巣コーチさえ——そりゃあ苦手ではあったが、「あいつのせいでその後の人生が左右された」とまでは思っていない。あのコーチがいなければもうちょっと楽しく走れただろうとは思うが、それだけだ。

「ありがとう」

星島がふっと笑った。

「そう言ってもらえると、すこしは気が楽になるよ。……あ、ちょっとごめん。圭の眠気が限界みたいだ」

苦笑まじりに星島が言う。なるほど、圭が駄々をこねる声が大きくなっている。

部長が携帯電話に手を伸ばして、

「こちらこそすみません。午後からお仕事だそうですし、切りますね」

「ああ、圭を寝かしつけたら塾に行くよ。なにかあったら、いつでも連絡してくれ」

「星島さんこそ、またおかしなことがあったらすぐご連絡を」

最後に赤石の元同級生の連絡先を訊《き》いて、部長は通話を切った。

「子育てってのは、ほんま大変ですなあ」

鈴木が慨嘆した。

「おれみたいな自分のことだけで手ぇ一杯の人間には、世の親御さんはみんな超人に見えますよ」

「まったくだ」

と相槌《あいづち》を打った森司の横で、

「――あそこは、奥さまがおかしいんです」

陶子が吐き捨てるように言った。

「専業主婦なのに家事も育児も星島さんに押しつけて、自分はやれ体調が悪いだとか、やれ頭が痛いだとか言って寝てばっかり。いまだって、ぜんぜん奥さまの声がしなかったでしょう？　どうせまた一人で二階に引きこもってるんですよ、あの人ったら、いつもそう……」

痛烈な口調だった。

やや気まずい間が、部室に落ちる。

やんわりと部長が言った。

「星島さんは子ども好きで、世話好きな人でもあるんだろうね。誰に対してもああなんだ？」

「そうです」

陶子は首肯した。まだ目じりがわずかに引き攣《つ》っていた。

「サークルでも、よく会員の相談にのってくれていました。暴力をふるう彼氏と別れたがってる子に手を貸してあげたり、多重債務者になりかけていた子を助けたり……。困っている人を見ると、ほっとけない人なんです。だからあんな、甘え癖の強い奥さまと結婚までして、なにもかも背負いこんで……」

苛々《いらいら》と絡め合わせた指が震えている。

陶子はいまにも舌打ちせんばかりだった。しかし一同の視線に気づいたのか、はっとわれにかえり、

「わ――わたし、講義があるので、これで」

あたふたと部室を出て行った。

「やれやれ」部長が肩をすくめる。

「どうやら星島さんは〝罪な男〟らしいね。こないだ会った会員の小田さんといい、サークル内には女性ファンだらけのようだ。次はひとつ、同性からの中立な意見を聞いてみようか。赤石凌平の事故についても知りたいし」

赤石の元同級生は、突然の電話にはっきりと迷惑そうだった。

「あいつとは三年間クラスが一緒だったってだけで、べつに親しかったわけじゃないよ。同じサッカー部って言っても、あいつはすぐ辞めちまったし」

「いえいえ、その退部前後のことが知りたいんです。部を辞めてから素行が悪くなったそうですが、辞めた理由をもし知っていたら教えていただけませんか」

部長が低姿勢で問う。

「……これは、直接赤石から聞いたわけじゃないが」

と元同級生は前置きして、

「あいつの母親が再婚して、継父《ままちち》と同居になってからおかしくなっちゃったみたいだな。きっとその継父が気に入らなかったんだろう。まあそこは、気持ちはわからないでもないよ。おれだっていきなり他人が家に転がりこんできたら、なんだよウゼーなって思うだろうし」

「家に居場所がなくなった、という感じでしょうか」

「だろうね。家に帰りたくないから、遅くまで街をうろついてたんだろう」

「彼には悩みを打ち明けたり、相談できる相手はいなかった？」

「さあなあ。あいつの交友関係まで知らないよ」

「当時の主将だった、星島正彦さんはどうでしょう」

部長は尋ねた。

「赤石さんが星島さんを頼りたがっていた様子はなかったですか。たとえば彼を尊敬していたとか、憧《あこが》れてたとか」

「そりゃまあ、尊敬はしてたんじゃないか」

元同級生が応《こた》える。

「ていうか星島先輩のことは、みんな好きで当たりまえって感じだったからな。やさしいし、頼りがいあるしで、星島先輩が主将をやってた年は部が一致団結してた」

「では部を辞めるまでの数箇月間が、赤石さんにとっては一番いい時期だったのかもしれませんね。まだ継父が来る前で、部がひとつになっていて」

「まあ、そうだな……」

元同級生は言葉を切り、声のトーンを落とした。

「確かにあの年はよかったよ。人気者の星島先輩が主将になった年でさ、『目指せ優勝！　主将を全国に連れていこう』なんてみんなで盛り上がって。尊敬っていうか、あいつの中で星島先輩が〝よかった時代の象徴〟だったんだとしたら、それはそうだろうと思うよ」

「なるほど。ありがとうございます」

部長は礼を言った。

「ところで、赤石さんの事故についてくわしく知っていそうな人はいませんか。あなたたちの中学から、彼と同じ高校に進学したかたは？」

「ああ、確か渋木《しぶき》がそうだ」

元同級生は即答した。

「ま、渋木は正反対のオタクっぽいやつだから、お互い親しくはなかっただろうけど。あいつらが行った工業高校は、学科によって倍率と偏差値にかなり差があるんだ。渋木は高倍率高偏差値の建築科で、赤石は電気科じゃなかったかな」

8

オカ研から電話を受けた渋木は、驚きはしたものの、わずらわしそうな様子は見せなかった。

いまは設備機器メーカーでエンジニアをしているという彼は、赤石凌平の名を聞くと声を湿らせた。

「そうか、彼が亡くなってもう八年経つんだね。七回忌にはお墓参りに行こうと思っていたのに、忙しさにまぎれて忘れていたよ。思いださせてくれてありがとう」

丁寧な口調だった。

「ということは、葬儀には出席されたんですか」森司は問うた。

「いちおうね。けど、寂しいもんだったな。彼の義父が『ひっそりと家族葬で』と希望したせいか、参列者はほとんどいなかった」

渋木が嘆息する。

「結局、ご両親は赤石くんの死から二年と経たず離婚したらしい。虚《むな》しい話さ。振りまわされたのは彼だけ。犠牲になったのも彼だけだった」

「赤石凌平さんとは、仲が良かったんですか」

「いや」答えはそっけなかった。

「友達ってわけじゃなかった。口を利いたのだってほんの数回だ。……でも、嫌いじゃなかった。まわりが言うほど悪いやつじゃなかったよ、彼は」

「そんなに悪い噂ばかりだったんですか、赤石さんは」と部長。

「そうだ」

渋木は苦い声で同意した。

「噂のほうが彼に付きまとっていた、というのが正解かな。彼のやることなすこと、なんでも悪く受けとられた。一の噂が十になって流布された。繁華街の喧嘩《けんか》沙汰《ざた》だって、赤石くんが悪かったんじゃない。塾帰りに絡まれてた同級生を、かばおうとしただけなんだ」

「なぜそれをご存じなんです」

部長の問いに、渋木が一瞬詰まった。

「もしかして、その同級生って」

森司は思わず言った。

渋木が声の調子を低める。

「……ぼくが当時通ってた進学塾は、繁華街の奥にあった。両親は共働きで、車での送迎は無理だったから、いつもバスで……。バス停までの道に、柄のよくないやつらがたむろしてるゲーセンがあって、前を通りかかるとき目が合うと、よく金をせびられた。赤石くんは、やつらを止めようとしてくれたのさ」

「警察や教師には言わなかったんですか」

「言ったさ。だから向こうが補導されて、赤石くんはお咎《とが》めなしだった。なのにデマが一人歩きしたんだ。そのデマじゃ赤石くんが一方的にキレて、相手から金を奪ったことになってた。ぼくなんかが否定してまわっても、焼け石に水だった」

渋木は悔しそうだった。

「そのデマを機に、彼の評判はみるみる落ちていった。下級生から金を脅しとっただの、女子に大怪我をさせただの……。気がついたときには、赤石くんは完全に孤立していた。なにもしてやれなかったことを、いまでも後悔してる」

「お気の毒です。——ところで、星島さんという上級生をご存じですか？」

部長が質問を変えた。

「サッカー部の主将だったそうなんですが」

「ああ星島さん。知ってるよ。誰にでもやさしくて寛大だから、人気者だったな。赤石くんのこともずいぶん気にかけていた。そういえばあの頃、彼に話しかけるのは星島さんくらいだったよ。赤石くんのほうでは『鬱陶《うっとう》しい』、『お節介はやめてくれ』と言って避けていたが」

「博愛の人なんですね、星島さんは」

「まさにそんなイメージだよ。でも、赤石くんがウザいと思う気持ちもわからないでもなかったな。なんていうか……ああいう清廉潔白な人って、そばにいられるとちょっと息苦しいだろう。本人はもちろん善意なんだが、まぶしすぎるというかね」

わかるなあ、と森司は思った。

森司が中学で部活に打ちこんでいたときも、星島タイプの先輩がいた。鴻巣コーチに糞味噌《くそみそ》に罵倒《ばとう》されたあと、いつも「気にすんな」と声をかけてくれた。だがそのときは、感謝より「そっとしておいてほしい」という気持ちがまさった。相手の厚意は伝わってきたが、それでもだ。

「赤石凌平が星島さんに、なにか恩義を感じていたふしはありますでしょうか」

「恩義ねえ……。さっきも言ったように、星島さんは彼を気にかけていたよ。口ではああ言ってたが、内心じゃ感謝してたんじゃないかな。思いあたるのはそのくらいだ」

「そうですか」

部長は口調をあらためて、問うた。

「では次に、彼が亡くなった事故について教えていただきたいのですが」

目に見えて、渋木の眉《まゆ》が曇った。

「いや、ぼくも新聞に載った以上のことは知らないんだ。高一の夏休み中、配送のバイト中に原付で事故ったらしい。単独事故だった。居眠りで、カーブを曲がりきれなかったようだ」

渋木は重いため息をついた。

「自殺じゃないか、という噂があったよ。でもぼくは事故だと信じてる。彼は義父と折り合いがよくなくてね、バイト代を貯めて一人暮らしをはじめようとしてた。家に居場所がなかったんだろう。バイトを掛け持ちしていたせいで、疲労が祟《たた》って居眠り運転したんだ」

「失礼ですが、自殺だと噂が流れた根拠は？　事故に不審な点はなかったんですね？」

部長が問う。

渋木はすこしむっとしたらしく、

「ないよ。噂はいつものデマで、なんの根拠もない。最後くらい彼をそっとしておいてやればよかったものを……。世間に殺されたようなものだよ、彼は」

投げだすような口調だった。

部長は彼に謝罪し、「中学と高校の、卒業アルバムのデータをもらえませんか」と締めくくりに頼んだ。

「悪用はしないと約束します。ぼくたちはただ、赤石凌平さんについて知りたいだけですから。彼の人となりや、人間関係を知るヒントがほしいんです」

渋木はすこし考えてから、

「帰宅してからになるけど、それでいいなら」

と了承してくれた。

渋木から卒業アルバムをスキャナで読みこんだデータが届いたのは、午後六時過ぎであった。

赤石凌平は三年C組の、出席番号一番として載っていた。

泉水が言ったとおり金に近い茶髪で、切れ長の目に薄い唇だ。左耳のほくろは写っていない。笑顔のクラスメイトの中にあって彼だけ無表情なせいか、ことさら人相が悪く見える。

「この手の顔は、笑うと印象変わるんですけどね」

と言ったのは鈴木だ。

「黙っとったら怖い顔に見えるタイプは、損ですわな。……あれ？　この子」

「どうした？」

つられて森司は鈴木の指さきを追った。

彼の人差し指は、同じくC組の出席番号九番の女子を指していた。

顔写真の下には『岸間《きしま》夏月《なつき》』とある。ショートカットでよく日焼けした、活発そうな子だ。カメラにはにかむような笑みを向けている。

「この人、確かカルチャースクールにおったでしょ。ほら、あのなんとかリドー城を観にいったとき、真下さんと挨拶《あいさつ》してた」

「そう……だったか？」

きょとんとする森司の横で、

「確かにいました」

こよみが手を叩《たた》いた。

「階段ですれ違った人ですよね。二階の草木染め教室に入っていった……。お化粧してロングヘアになっていましたが、間違いないと思います」

ただちに部長は渋木に、岸間夏月についてメールで問い合わせた。

返信はすぐにあった。

「赤石くんにまつわる噂のひとつに『女子に大怪我をさせた』というのを挙げただろう。じつは怪我した女生徒がいたのはほんとうなんだ。くだんの被害者が、岸間夏月さんだよ。女子サッカー部のＭ　Ｆ《ミッドフィールダー》だったが、階段から落ちて足を骨折したのさ。大きな大会に出られず、赤石くんを恨んでいたという噂だったな」

9

岸間夏月と会えたのは、二日のちの午後だった。

「ええ、三年生の秋に、校内の階段から落ちて大腿骨《だいたいこつ》を骨折したのはほんとうです。でもべつに、凌平くんを恨んでなんか……」

夏月はそう言って唇を噛《か》んだ。

場所は雪大近くのファミリーレストランである。

何人かを挟んで連絡をとってみると、夏月は驚いたことに、雪大の教職大学院生であった。

彼女は背中まで伸びた髪を栗いろに染め、薄化粧をし、卒業アルバムとは印象を一変させていた。ノースリーブのニットから伸びた二の腕が、すらりと色っぽい。

「あのときは朝礼から教室に戻る途中で、階段が混んでいたんです。押されるかたちで落ちましたが、誰に突き落とされたわけでもないんです。でも退院してみたら、なぜか凌平くんに落とされたという噂になっていて……。驚きました」

「入院期間はどれくらいだったんです？」

アイスココアに二つ目のシロップを注いで、部長は尋ねた。

伏し目で夏月が答える。

「約二週間です。退院してからも、しばらくは松葉杖《まつばづえ》でした」

「立ち入ったことを訊《き》くようだけど、下の名前で呼んでいるということは、彼とは仲がよかったんじゃないですか？　突き落とした云々《うんぬん》の噂について、直接に赤石さんと話したりはしなかった？」

「しませんでした。いえ、できなかった」

夏月はテーブルの上で指を絡め合わせて、

「彼と仲がよかったのは、十二歳までです。小学校は男女混合のサッカーチームでしたから、三年間一緒にやっていました。わたしがMFで、彼は点取り屋のFW《フォワード》。けっこういいコンビだったんですよ」

ふっと笑ったが、夏月はすぐに頰を引き締めた。

「でもそれも、凌平くんのお母さんが再婚するまでのことです。……新しいお父さんが、その、彼を殴るらしくって」

「まわりの大人は介入できなかったんでしょうか」とこよみ。

「いまとなれば、わたしもそう思うんです。でも凌平くん自身が家庭の内情に立ち入られるのを拒んでいたから、やっぱり同じことだったかも。彼、自分の殻に閉じこもるようになって、部活も辞めて、見る間に変わっていったんです」

「では骨折した頃には、もう彼と付き合いはなかった？」

部長が問う。

夏月はうなずいた。

「すくなくとも、顔を合わせて話すことはなくなっていました。退院後はもっとあからさまに避けられるようになりましたし……。わたしの友人たちはみんな噂を真に受けていましたから、『凌平くんがわたしを突き落とすはずない』と言っても、誰も聞き入れてくれなくて」

「怪我のせいで、大会に出られなかったそうですが」

「冬の大会に出られなかっただけです。わたしは三年生で受験をひかえていて、出場できなくてもさほど痛手じゃなかった。まわりが騒ぎすぎだったんです」

夏月は手付かずのグラスを手の甲で押しやった。

「小学生の頃、わたしはよく凌平くんにからかわれたり、ちょっかいを出されていました。『ブス』だの『オトコオンナ』だのって呼ばれたり、かるく叩かれたり。そのことがあの怪我以来、取り沙汰《ざた》されるようになったんです。『そういえばあの子は、昔から赤石凌平にいじめられていた』って。否定しても否定しても、デマは消えませんでした。わたし本人が、違うと言ってるのに」

「損な立ち位置だったんですね、彼は」

部長がやさしく言う。

「損……、そうですね」

と夏月は首肯して、

「でも、けっして悪い子じゃありませんでした。中学一年の冬、わたしが女子部のやりかたに馴染《なじ》めなくて落ちこんでいたら、部室の凍った窓に、『サボんな、オトコオンナ』『泣いてんじゃねーよ、ガキ』って、指で書いた跡があって……。それまでべそかいてたのに、思わず笑っちゃいました」

唇をかすかにほころばせる。

「その日から、わたしが調子を取り戻すまで、窓には毎日なにかしら書いてありました。あんまりブスだのデブだの書いてあるから、『ちゃんと名前で呼んでよ、バーカ』って返事を書いておいたら、翌日の窓には『ガキじゃやなくなったら呼んでやるよ』って。でも二年になる頃には完全に疎遠で、約束は守られなかったんですけど」

「彼が亡くなったと知ったときは、驚いたでしょうね？」

「それは、もちろん。アルバイト中の居眠り運転だったと聞いてます。……お葬式で、何年かぶりに凌平くんのお母さんと会いました。悲しんでいるっていうより、呆然《ぼうぜん》としてた。でもわたし、声をかけてあげたいとは思えませんでした」

夏月の声は震えていた。

「なにをいまさら、って――。彼が死んでから悔やんでも遅いのに、なにをいまさらって思ったんです。それはそのまま、わたし自身に向けた言葉でもありました」

彼女が落ち着くのを待って、部長は言った。

「つかぬことをうかがいますが、岸間さんは、幽霊だの守護霊だのといったオカルトを信じますか？」

「え？」

夏月が顔をあげた。目をまるくしている。

部長はつづけた。

「赤石淩平さんが、幽霊になって星島さんを守っているそうなんですよ。――どう思われますか」

「まさか」夏月は首を振った。

「まさか、幽霊なんてそんな」

「では最近、星島さんが何度か、危険な目に遭われていることはご存じですか」

「え？　ああ、金庫に閉じこめられそうになったとかいうあれですか？　その件なら小田さんから聞きました」

「小田さんとお知り合いなんですね」

「そりゃあ、彼女に誘われてカルチャースクールに通うようになりましたから……。でも、やめてください。守護霊だとかなんとか、わたしそういうの嫌いです。おかしなことを言わないで」

夏月が腰を浮かす。瞳《ひとみ》に怒りが浮いていた。

黒沼部長はすぐに謝罪した。しかし夏月は無言で代金を置き、早足で店を出て行ってしまった。

部室へ戻って、オカ研の一同はあらためて額を突き合わせた。

愛用の椅子にそっくりかえって、部長が言う。

「さて、証言はおおよそ出揃ったね。怪現象にみまわれている星島さんだが、誰もが彼を好人物だ、人気者だと言う。唯一なにか知っていそうなのは、幽霊の赤石凌平だけだ。しかし星島さんと赤石さんの繋《つな》がりについては、誰もがあいまいな情報しか持っていない」

「赤石さんは生前、まわりに誤解されてたみたいですね」

森司は相槌《あいづち》を打った。

「エピソードを聞く限り、粗暴な面はあってもいやなやつじゃなかったようだ。そんな彼が星島さんを守ろうとするのは、まあおかしくないですよね。だけど肝心の、『なぜ、誰に、星島さんが狙われるのか』が不明のままだ」

「おれたちにはかろうじて赤石さんが〝視える〟だけですからね。なにを考えてるかまでは、わかりません」

鈴木が言う。泉水が顎《あご》を撫《な》でて、

「この中で一番はっきり赤石凌平が視えているのはおれらしいが、意思の疎通まではできないからな。わかるのは星島氏が誰かしらに悪意を向けられてるってことと、赤石がそれを阻んでるってことだけだ」

そこまで黙っていたこよみが、すこしためらってから、しかしきっぱりと言った。

「――わたし、星島さんみたいな人、苦手です」

森司は驚いて彼女を見た。

おとなしそうな外見に反して、こよみは意外に臆《おく》さずものを言うほうだ。しかし人を悪く評するのは珍しい。

戸惑う森司をよそに、

「同感」

黒沼部長が右手を挙げた。

「ぼくもあの手の人は好きじゃない。いや、嫌いなタイプと断言してもいいかな。しかし問題は……」

語尾が消えた。

部長の携帯電話が鳴ったせいだ。彼は送信者を確認し、

「真下陶子さんだ」

と言った。皆を見まわしてから、ハンズフリーに切り替える。

「はい、黒沼です」

「部長さんですか？　あの、わたし……いま、たったいま連絡があって」

陶子は度を失っていた。声をうわずらせ、息を荒げている。

部長が彼女を制した。

「落ち着いて。誰からの連絡です？」

「ほ、星島さんから。い——いま、病院だそうです。いえ、軽傷らしいんですが、車にはねられかけた、と」

森司は隣の鈴木と顔を見合わせた。

部長が重ねて問う。

「そのときの状況はわかりますか？　車のほうから突っこんできたとか？」

「いえ、星島さんの信号無視だそうです。彼が言うには『なんだか朝から頭がぼうっとして、赤信号だと気づかなかった』って……。それで、あの、例の人形が」

陶子はいまにも泣きだしそうなばかりだった。

「星島さんの人形が——しまっておいたのに、出しておかなかったはずなのに、車裂きの、車輪の下敷きになっていて……」

陶子をなだめて通話を切り、部長は眉根《まゆね》を寄せた。

「だそうだよ。この調子だと次回あたり、星島さんはほんとうに大怪我してしまうかもしれない。やれやれ。なんだかぼくまで赤石さんの気持ちがわかってきたみたいだ」

10

星島正彦はカルチャースクールの工作室にいた。

「来月の『ドールハウス展』への参加を見合わせようと思う」

と真下陶子から連絡があったのは、今日の夕方だった。星島は授業の空き時間を縫って、彼女を説得しにスクールを訪れた。しかし不首尾に終わった。

珍しく陶子は彼の意見を聞き入れなかった。

「九割がた出来あがっているのに、出品しないなんてもったいないよ」

「このアゼ・ル・リドー城は全員の共同制作じゃないか。ぼくの個人的な事情で参加を辞めるだなんて、かえって心苦しい」

と熱をこめて語ったのに、首を縦に振ってはくれなかった。

そうして陶子は帰り、いまは彼だけが工作室にいる。

時刻は午後九時半。

眼前には、アゼ・ル・リドー城のミニチュアがあった。じつに精緻《せいち》な模型だった。文豪バルザックが『アンドル川にきらめくダイヤモンド』と評した、白とペイルブルーの古城が忠実に再現されている。

階段や暖炉にちりばめられた、フランソワ一世の紋章サラマンダーのモチーフ。華麗なタペストリー。格天井。窓のステンドグラス。典雅な家具や陶器。

——そして、拷問道具だらけの地下室。

そこには梯子《はしご》型の拷問台があった。指を締める万力があった。鉄の靴が、肉色に塗られた〝鉄の処女〟が、各種の鞭《むち》があった。背面にも座面にも棘《とげ》が生えた椅子があり、断頭台があり、車裂き用の車輪があった。

——おおよそは揃っている。

しかし異端審問に、唯一足りないものはといえば。

ぷんと鼻につく灯油を嗅《か》ぎ、星島は振りかえった。

「〝火〟だ。そうだろう。魔女には火あぶりが付きものだからね――。夏月ちゃん」

岸間夏月が立っていた。

彼女は涼しげなサマーニットにクロップドパンツ、ヒールの細いミュールを履いていた。かつては短く切り揃えられていた髪が、いまは背中まで伸びている。日に焼けていた肌もすっかり白くなった。しかしすらりと長い手足と、意志の強い瞳は変わらない。おそらく灯油の詰まったペットボトルを。

桜いろに爪を塗ったその手が、ラベルのないペットボトルを握りしめている。

夏月の唇がひらいた。

「あ、――……」

かすれた声が洩《も》れた。

「あなたは、なにひとつ、後悔していないんですか」

「後悔？　どうしてぼくが？」

星島が首をかしげる。

演技ではない、本物の「どうして」の声音であった。

「そう、――そうですね」

夏月は頬をゆがめた。

「あなたが悔やむわけがない。だってあなたは、いつだって被害者なんだから」

そうだ、彼はいつだってそうだった。中学時代は、問題児の後輩を抱えてしまった不運な主将。現在は育児ノイローゼの妻を真摯《しんし》に支える夫。「立派だ。同情と賞賛はいつも彼に集まる。「よくやってるわ」、「ああはなれないな」、頭が下がるよ」、「それに比べて――」。

それに比べて、赤石ときたら。

それに比べて、奥さんときたら。

いつだってそうだった。

「昔からそうでした。あなたが――星島先輩がいると、あなた自身はなごやかなのに、必ずまわりで問題が起こる。争いや、諍《いさか》いがあり、誰かがつまはじきにされ、後ろ指をさされる」

星島はその渦中にいるようでいて、傍観者の立場をとる。

「悪いやつじゃないんだ」

「あいつはああ言ってたが、きっと口だけさ。気にするな」

「誤解しないでやってほしい」

「ぼくがフォローするから、あいつのことは勘弁してやってほしい」「泥をかぶるのはぼくだけで充分だよ」「責めないでやってくれ。あいつだって頑張ってるんだ」等々――。

気づけば誰かが悪者になっている。誰かが星島正彦に不当な負担をかけたことになっており、反感とヘイトがその〝誰か〟に背負わされている。

「仮想敵を作るのがうまいんですよね。そして、周囲の人たちはみんな、あなたを中心に団結する。あなたはいつだってお人好《ひとよ》しで、面倒見のいい被害者の立場」

夏月は嫌悪の目を星島に向けた。

「奥さんの扱いだってそう。育児で疲労困憊《こんぱい》の奥さんをわざと他人に会わせたり、見えないところで子どもをそっとつねって、自分だけが懐かれているようにアピールしたり……。一見あなたは奥さんをかばっているような態度をとるけど、ぜんぶ嘘。ぜんぶ見せかけ。誰もが『なっていない妻を抱えて、家庭に、子育てに苦労する星島正彦』しか記憶しない。そう仕向けているのは、ほかならぬあなた」

「やれやれ」

星島は肩をすくめた。

「ぼくは昔から、きみのことが気に入ってたんだけどな。片想いに終わっちゃったか。悲しいね」

「だから凌平くんを標的にしたんですか？　わたしと仲がよかったから？」

「違うよ。うぬぼれちゃいけない」

ぴしゃりと星島は言った。

「赤石については、あいつがちょうどいい立ち位置にいたってだけさ。ああいや、きつい言いかたをしてごめんね。きみと千砂を特別に思っているのはほんとうだよ。だからこそ、金庫めがけて突き飛ばされたときも、風呂《ふろ》で溺《おぼ》れかけたときも、きみたちの名前は出さなかったんじゃないか。どんなにあやしいと思っていてもね」

あなたにすこしでも早く眠ってもらいたかった。それだけです」

「奥さんは、わたしとは違います」

夏月は声を落とした。

「あの人はただ、あなたの絶え間ない嫌味や罵倒《ばとう》を聞いていたくなかっただけ。あなたにすこしでも早く眠ってもらいたかった。それだけです」

「だからぼくの食事に睡眠薬を仕込んだ。そうだろう？　でも勝手に薬を盛る行為は傷害にあたる。夫婦間であっても傷害事件は成立するんだよ。お利巧なきみなら、もちろん知っているだろうが」

夏月は星島の嫌味を無視して、

「先日の交通事故は、演技ですね？　奥さんが言ってました。『出がけに薬を飲ませたりしない。あれはわたしじゃない』って。なぜあんな演技をしたんです。奥さんに対するプレッシャー？　いずれするだろう離婚に備えて、彼女の有責ポイントを重ねておくため？」

だが星島は、彼女の挑発には取りあわなかった。

「スクールできみと再会したときは驚いたよ。小田さんからぼくの名を聞いて、通いはじめたんだって？　アプローチしてもらえるのかと嬉《うれ》しかったんだけどな。まさか、最初からこうするつもりで受講を決めたの？」

「いいえ」

夏月はかぶりを振った。

「わたし、いま教職大学院の教育実践コースにいるんです。教育心理学ではハラスメントをテーマに何度も論文を書きました。モラルハラスメントやパワーハラスメントの実例を見聞きし、深く知るたびにもやもやが募っていったんです。わたしはこれを知ってる、この手口をどこかで体験してきた――。そう確信できるのに、それがいつ、どこで、誰が、誰におこなったものなのか思いだせずにいた」

「でも思いだせたわけだ、ぼくに再会して」

星島は冷笑を浮かべていた。夏月は彼を睨《にら》んで、

「正確には、そのアゼ・ル・リドー城の地下室を見たときです。あの頃の凌平くんを取りまく空気は、まるっきり魔女狩りそのものでした。火なんてないのに、煙ばかりが湧きたっていた」

「だから魔女狩りのモチーフにかこつけて、ぼくに当てこすりをはじめたんだね。ぼくなら意味に気づいて反省するだろうと思った？　すくなくとも今後の言動を自粛するだろうと？　残念だったね」

星島は笑った。

「ぼくのしていることは社会に有益なんだよ。たとえば赤石だ。あいつというアウトサイダーを排除し、敵視することで男子サッカー部は心をひとつにできた。部員以外の生徒もそうだ。赤石という疎まれ役がいたおかげで、ほかの生徒は〝自分はあいつとは違う〟と安心して学生生活を送れた。彼とひき比べて、輪の内側にいる己を再確認して安《あん》

堵《ど》できた。このシステムは、集団生活における必要悪なのさ」

「そのせいで凌平くんが孤独を深め、死にいたったとしても？」

夏月は頬を引き攣《つ》らせていた。

ペットボトルを握る手に力がこもる。関節が血の気を失い、白っぽくなっている。

「あなたが殺したようなものです」

「でも、ぼくが殺したんじゃない」

星島は即答した。

「ぼくがあいつをガードレールから突き落としたわけでもなければ、原付に細工したわけでもない。あれは事故だった。ぼくを罪に問うことなんてできやしない。窓枠に仕掛けをしたきみや、ぼくに睡眠薬を盛った千砂とは違ってね」

夏月は唇を噛《か》んだ。

「本気で怪我をさせるつもりじゃなかった。あなただってわかっているでしょう」

「わかってるよ。ガラスのときも金庫のときも、きみは手伝いと称してあの場にいた。どちらのときも音を出したり、金庫のほうへ部員の注意を引いて、大事ないように取りはからった。——でもそれに気づいてるのはぼくだけだ。ぼくの証言如何《いかん》、つまり胸先三寸で、きみにも千砂にも簡単に前科がつけられる」

「そうですね」

夏月は認めた。

「わたしたちのやったことは、犯罪です。言いわけはきかない。でもあなただって無傷じゃ済まないわ」

「どうして？」

「あなたがいまの塾でも、同じことをしているから」

星島がはっと目を見開いた。

はじめて彼が怯《ひる》んだのを見てとって、夏月は言葉を継いだ。

「いいえ、歳をとって熟練したぶん、凌平くんのときよりうまくやれているようね。中畝くん、でしたっけ？」

皮肉を口調にたっぷり含ませる。

「家庭環境が複雑で、すこし不良っぽくて、そしてあなたを心から信頼している。どうして自分が孤立していくのか彼にはわからない。最初は塾でよくない噂が立って、塾生を通して、いつしか学校にまで広まって。孤立していけばいくほど、彼は唯一頼れるあなたに依存する。――あなたは確かに老獪《ろうかい》だわ。だけど穴がないわけじゃない。あなたに疑問を抱かない人たちの証言であっても、数十と積み重ねていけば、そこにははっきりと悪意が浮かびあがる」

夏月は彼を見据えた。

「多くは望みません。せめて、凌平くんの墓前で謝って。そして奥さんを解放してあげて。腹いせのために親権を争ったりせず、すんなり離婚してあげてください」

「いやだと言ったら？」

星島は嘲笑《ちょうしょう》した。

「そのペットボトルの灯油で、ぼくに火をつけるかい？　無理だね。きみにはそんなことはできやしない」

彼は一歩前へ進んだ。逆に夏月が後ずさる。

星島は言った。

「――できるのは、ぼくのほうだ」

彼は素早かった。夏月に飛びかかって右腕をねじ上げ、ペットボトルを奪いとった。

夏月は身をよじり、彼を振りほどこうとした。しかしその頰を、星島の手がしたたかに打った。

見る間に赤く腫《は》れていく頰に、星島は顔を寄せた。

「そのきれいな顔と喉《のど》が事故で焼けてしまう前に、ひとつだけ教えてほしいな」

甘くささやく。

「ぼくを模したとかいう、ドールハウスの執事人形だ。ぼくが事故に見舞われるたび、人形もそっくり同じ目に遭うオカルティックな演出。いったいどうやって細工したんだ？　あれだけがわからない」

夏月は首を振り、顔をそむけた。

「まあいいか」

星島は苦笑し、彼女の耳朶《みみたぶ》をかるく舐《な》めた。もがいて暴れる腰に、己の下半身を擦りつける。

「なあ、あの間抜けなんとか研究会が言うには、ぼくには赤石の幽霊が憑いているんだとさ。どうだ、初恋の相手に助けを求めてみるか？　それとも観念して、この場でぼくの——」

がたり、と物音がした。

反射的に星島は音の方向を見やった。

そして、唖然《あぜん》と立ちすくんだ。

十分の一スケールのアゼ・ル・リドー城が、見えない手に持ちあげられたかのように工作台から浮き上がっていた。

見えない手——いや、城を摑《つか》んでいる手を、彼は確かに幻視した。視たと思った。それは確かに、日焼けした少年の手だった。

星島は悲鳴をあげた。

模型の城が、彼の側頭部に叩《たた》きつけられた。痛みは本物だった。星島はよろめき、二撃目を避けるべく腕で頭をかばった。解放された夏月が床に膝《ひざ》を突く。

同時に、引き戸が開いた。夏月が内側から施錠したはずの戸であった。

鍵《かぎ》を手にした真下陶子とともに、オカルト研究会の面々が駆けこんでくる。

呆気《あっけ》にとられる星島を、百九十センチの偉丈夫が——黒沼泉水が拘束した。腕を背中にねじり上げ、床にうつ伏せに押し倒す。

「大丈夫ですか、岸間さん」

森司は駆け寄った。夏月は床にうずくまったまま、青い顔でうなずいた。

「星島さん」

陶子があえいだ。

「まさか──まさかあなたが、こんなこと。信じていたのに、こんな」

両の目に涙が溜《た》まっている。その瞳《ひとみ》が、失望と軽蔑《けいべつ》で塗りつぶされているのを森司は見てとった。

陶子は星島に恋していた。すくなくとも恋情に限りなく近い感情で慕っていたはずだ。その思慕が、落胆と怒りによって拭《ぬぐ》い去られていた。

黒沼部長がリドー城の残骸《ざんがい》を見下ろす。

「真下さんに『展示会には目を惹《ひ》くお遊びが必要だ。お城の地上部分は優雅に美しく、地下ではどす黒いことが……とのギャップを楽しんでもらおう』と拷問部屋の作製を提案したのは、星島さん、あなただそうですね。いかにも人の心をもてあそぶのが好きなあなたらしい」

彼らしくもなく、声に嫌悪が滲《にじ》んでいた。

「いちおう言っておきましょうか。あなたは笑ったが、赤石凌平さんはこの場にいるし、あなたのそばにずっといつづけた。でもあなたのためじゃありません。岸間夏月さんのためです。彼は夏月さんに暴走してほしくなかった。その思いが結果的に、あなたを守ることになっただけだ」

「これも言っておきます」

森司は口を挟んだ。

「人形の怪現象も、赤石さんの仕業です。岸間さんや奥さんから目をそらさせるための、いわば偽装工作ですね。オカルティックな事象にまぎらわせて、彼女たちに疑いがいかないようにしたんです」

背中を泉水の膝で押されて、星島は呻《うめ》いた。

こよみが手を貸して、夏月を立たせる。まだ夏月の頬は血の気を失っていたが、目じりの痙攣《けいれん》は止まっていた。星島を見下ろし、クロップドパンツのポケットからペンを取りだす。

「ペン型のICレコーダです。今夜の会話はすべて録音しました」

星島の顔がゆがんだ。

黒沼部長が、吐息まじりに言う。

「ティエリ・モーニエに言わせれば『拷問は憐憫《れんびん》の冒瀆的《ぼうとくてき》逆転である』、そして澁澤龍彦《しぶさわたつひこ》によれば『異端審問官の拷問は、陰険な、偽善的な快楽である』そうだ。モラルハラスメントはつまり精神的拷問だから、まさに星島さんにぴったりの言葉だね」

鈴木が夏月を見て、

とためらいがちに口をひらいた。

「お節介かもしれませんが、その……赤石さんの気配が消えようとしてます。いのうなる前に、言いたいことがあるなら言ったってください。自分語りですみませんが、おれは同じような場面で、言えなかったので。それを後悔してるんで、どうぞ」

夏月は虚空に視線をさまよわせた。

森司は指で彼女の目線を誘導してやった。

夏月の目が窓ぎわへ向く。彼女の唇がかすかにひらき、わなないた。

しかし声が出てくることはなかった。伝えるべき思いがありすぎて、言葉が喉につかえているようだった。

ふいに、彼らの眼前で窓が曇りはじめた。

季節は九月だ。いまだ熱帯夜がつづいている。冬のように、窓ガラスが白く曇るはずがない。

夏月は立ちつくしていた。

指が──彼女には見えない指が、曇ったガラスに文字を綴《つづ》っていく。夏月の両の目に、ゆっくりと涙が溜まった。こよみがその肩を強く支えた。

『泣いてんじゃねーよ、ガキ』

最後の二文字が指で消された。新たな文字が書きつけられていく。『ナツキ』の三文字が。

——ちゃんと名前で呼んでよ、バーカ。

——ガキじゃなくなったら呼んでやるよ。

夏月が両手で顔を覆った。

窓の外では夜が、白い月あかりに濡《ぬ》れていた。

11

数分だけの天気雨が、太陽で炙《あぶ》られたアスファルトを叩いて通り過ぎた。

地面の熱が水を気化してくれたおかげで、ぐっと涼しくなる。食堂の軒下や通路シェルターで雨やどりしていた学生が、安堵《あんど》の息を吐いてそれぞれに散っていく。

その群衆の中に、森司もいた。

昼どきではあるが、今朝は寝坊したせいで弁当が詰められなかった。しかし残金が乏しい。仕送りの日まで一日三百円で食いつながねばならない。

食堂で素うどんでも啜《すす》るか、安くて高カロリーな惣菜《そうざい》パンにするか——と迷った末、彼は構内の売店に向かった。

一個で五百キロカロリーを超えるマヨネーズたっぷりのパンを百二十円で購《か》い、飲み物は部室の冷蔵庫で調達しようと思案しつつ、中庭を横断する。

教育学部棟に差しかかったところで、

「八神先輩」

涼やかな声に呼びとめられた。

つんのめり気味に森司は立ちどまり、声の主を超高速で振りかえった。

「灘！」

そのまま数十秒、見つめ合う。昨夜七時に別れて以来、十七時間ぶりの再会であった。

ああ、今日も今日とてこよみちゃんは可愛い――。森司はしみじみ思った。はじめて出会った頃は美人だと思っていたが、最近はこの上なく愛らしく見える。近視特有の濡れたような瞳が、こちらを凝視している。

そのまま二人で突っ立っていると、背後から視線を感じた。

「あそこ、ほら、タウン誌の」

「ほんとだ」

「あの人灘さんていうんだよ、おれ知ってる」

肩越しに見ると、一年生らしき団体がひそひそくすくすと森司たちを眺めていた。慌てて森司は、「行こう」とこよみをうながした。早足でその場から歩き去る。

「あの――先輩」

「ん？」

「お昼、まだですよね。わたし今日はお弁当なので、部室で食べようと思ってたんです。

先輩は学食ですか」

「いや、おれはこれ」

買ったばかりの惣菜パンを見せると、「それだけで足りますか？」と心配されてしまった。おかずをすこし分けてくれるという申し出をありがたく受け、肩を並べて部室へと向かう。

部室へ着くと、黒沼部長は不在だった。

『研究室にいます。なにかあったらメールして』と書置きだけが残されている。

おかずの礼に、お茶は森司が淹《い》れた。ただしこよみの入念な指導付きであった。

さて、と席について弁当を広げる。

こよみの弁当箱には、鉢から今朝収穫したばかりだというプチトマトがふたつ入っていた。勧められ、口に入れる。よく熟れていて甘かった。ほかにはピーマンの肉詰め、しらす干しと大葉入りの出汁《だし》巻き玉子、きんぴら蓮根《れんこん》。ごはんは梅入りのゆかりが混ぜてあった。

さっそく出汁巻き玉子に箸《はし》先を伸ばした森司に、

「そういえば星島さん、離婚を承諾したそうです」

こよみが言った。

「いろいろ公《おおやけ》にしないのを条件に、離婚の条件を呑《の》んだみたいですよ。親権と養育権は奥さんに行くそうです」

「そうか。よかった」

森司はうなずいた。こよみも首を縦にして、

「こんな言いかたはよくないかもしれませんが、早いうちの離婚でよかったんじゃないでしょうか。あのままの環境で育てられていたら、圭くんの人格にゆがみが出たかもしれません」

「人ひとり育てるのって、責任重大だもんなあ」

森司はため息をついた。

「親も教師もすごいと思うよ。子どもの人格形成とか道徳心の発達に影響大で、しかもそれを自覚しながら生きてかなきゃいけないんだもんな。おれは自信ないなあ」

出汁巻きを咀嚼《そしやく》しながらぼやく彼に、

「先輩は大丈夫です」

とこよみは断言した。

「そうかなあ」

「大丈夫ですよ」

こよみが繰りかえし、森司を見た。

思わず森司は息を呑んだ。逆光でこよみの顔はよく見えない。しかし微笑んでいるのがわかった。柔らかい微笑だった。

背後から射す光が彼女の輪郭を白くぼかしている。淡く滲《にじ》んで、存在ごと背景に溶け

入ってしまいそうだ。

　さっきまでガラス越しにもうるさかった蟬しぐれが、いまは遠い。

　森司は割り箸を置いた。

「な、灘」

　耳もとで鼓動がうるさい。呼吸を詰めたが、心臓がおさまる気配はなかった。

　こよみが怪訝《けげん》そうに彼を見かえす。

「先輩？」

「灘。あの、おれは――」

　いまにも叫びだしたいような、走って逃げたいような、それでいて永遠にこのままでいたいような、えもいわれぬ気分だ。胸が苦しい。息ができない。

　――おれは。

　引き戸が開いた。

　反射的に森司は振りむいた。そこに立っていたのは、黒沼部長と三田村藍であった。

　部長は片手にドーナツの箱を提げ、藍はマクドナルドの袋を持っている。

　一拍の間ののち藍が、そっ……と戸を閉めた。

「待ってください！」

　森司は泡を食って立ちあがった。

「どうぞ中へ！　すみませんでした、ぜんぜんなんでもありません！　ありませんから部長も藍さんも、どうぞ部室へお入りください！」

「いいのよ。あたしたちは中庭のベンチで食べるから」

「そうそう、お気を遣わず」

戸の向こうから二人の声がした。森司は叫んだ。

「駄目ですって！　まだ暑いですし、日焼けします！　そうだ、部長肌弱いじゃないですか、おれのせいで部長に火ぶくれでもできたら、泉水さんに申しわけが」

「廊下でなにを騒いでるんだ、おまえら」

「あれ藍さんもマクドですか？　じつはおれも」

引き戸越しに泉水と鈴木の声が重なる。どうやら部員が全員揃ってしまったらしい。

がっかりしたようなほっとしたような思いで、森司は肩の力を抜いた。

「あの、おれ、お茶淹れますね――」

こよみの顔は見ずに立ちあがる。

古いエアコンが、壁で低く唸《うな》っていた。

第三話　金泥の瞳

HAUNTED CAMPUS

1

平屋建ての、木造の一軒家であった。

築五十五年だというから、昭和三十年代に建てられたことになる。修繕しながら住んでいたらしく状態はさほど悪くないが、建ち並ぶモダンな家々の中にあって、この古家だけが一角から浮いているのは否めない。

「典型的な日本家屋だなあ」

長兄の植戸《うえと》一道《かずみち》がため息をつく。

「こういう煤《すす》ぼけた板塀っていまどき見ねえよな。サザエさんっぽい」

と言ったのは次兄の蓮次《れんじ》だ。

「まあまあ。すぐ入居できる一軒家ってだけでもありがたいじゃん。それに平屋で六部屋ってすげえよ。庭は希望どおり三台ぶんの駐車スペースになるし、男三人で住むにはうってつけでしょ」

末っ子の三澄《みすみ》が言うと、

「まあな」

「それはそうだ」

と二人の兄は首を縦にした。

彼らの会話はいつもこうだった。長兄がまずなにか言い、次兄が同意し、末っ子が「まあまあ」となだめて締めくくる。

仲のいい兄弟なのだ。もっとも両親を早くに亡くして、寄り添うようにして生きてきたのだから当然と言える。

事故で父が、相次いで母が病で死んだとき、一道は十八歳、蓮次は十六歳、そして三澄はまだ八つだった。

あれから十年。ようやく三澄が大学生になり、兄たちもほっと一息ついたところでその急報は舞いこんだ。

亡父の次兄が亡くなった、という報《しら》せである。

名は植戸清治郎《せいじろう》。享年七十二。生涯妻も子もおらず、市内の住宅街に一軒家を建てて死の間際まで独居していたという。二年前まで質屋を営んでいたが、体を壊して廃業して以後は、人を避けるように隠棲《いんせい》していたらしい。

その伯父《おじ》の死により、遺産として土地と家屋、数百万の預貯金が三兄弟に遺《のこ》された――という概要が、弁護士事務所の記名入り書類によって突然知らされたのである。

「詐欺じゃないのか?」

一道の第一声はそれだった。

「あやしいよな。清治郎なんて名前、親父から聞いたことねえし。だいたいおれたちしか相続人がいないとか、そんなことってあるか？」

と蓮次。

「でもさ、弁護士事務所の住所も電話番号も書いてあるし、とりあえず連絡だけでもしてみない？」

三澄が言う。

「ほら、ここに弁護士の登録番号が入ってるじゃん。『日弁連』のサイトから名前と番号で検索してみるよ。偽弁護士かそうでないか、はっきりさせてから考えてみたって遅くない」

果たして数分後、弁護士は実在すると判明した。氏名、登録番号、住所、すべて添付の名刺と封筒に一致している。

三兄弟はもう一度家族会議をひらき、二日後に弁護士と連絡をとった。

結果的に、相続云々《うんぬん》は詐欺ではなかった。

植戸家はどうやら子宝に縁遠い一族だったらしい。亡き長男夫婦に子はなく、これまた亡き長女夫婦の間にできた一子は二十代で早世。そして二男の清治郎は生涯独身であった。

年の離れた末子——三澄たちの父だ——だけが駆け落ち同然に家を出たのち、三人の息子を得た。しかしその誕生を親族に知らせることもなく、完全に付き合いを絶っていたという。四人とも県内に住んでいながら、お互いに音信不通だったのだ。

「十年前に親父たちが死んだとき、伯父伯母は葬式にも来なかったよな」

ぼやく一道に、蓮次が同意した。

「事故は当時ニュースになったし、新聞の『おくやみ欄』にだって載ったのになあ。電話どころか、弔電一本なかったぜ」

「まあまあ」

三澄が取りなした。

「しょうがないよ、家を飛び出たせいで親父は祖父母から勘当されてたって言うしさ。疎遠だったのは親父と伯父伯母、両方の意思だ。それよりどうする？　けっこう広い一軒家がもらえるみたいじゃん。……引っ越しとか、考えてみる？」

彼らは顔を見合わせた。

そして、あらためて室内を見まわした。

四年前から契約しているアパートである。蓮次が戻ったのは半年前だが、基本的に三人で住むと考慮しての物件だった。

西南向き1LDKで家賃七万二千円。現在は六畳の洋間で一道と蓮次が就寝し、リヴィングのソファベッドで三澄が寝ている。しかしどの部屋も三人の共用スペースであり、プライヴァシーはないに等しい。またアパートには各室一台ぶんの駐車場しか認められないため、蓮次はよそに駐車場を借りている現状だった。

「……一軒家なら、それぞれの部屋が確保できるよな」

「三澄はリヴィングで寝なくて済む。夜中に帰宅したり、便所に行くのだって、お互い気を遣わなくてよくなる」

「蓮兄《レン》ちゃんの駐車場代がかからなくなる。おまけにお隣の騒音問題が解決するし、家賃が浮くから貯金だってできる。いいことずくめじゃん」

——といったわけで、三兄弟は引っ越しを決意し、現在にいたる。

土日のうちに済ませてしまおうと、レンタルした軽トラで往復すること二回。三人ぶんの荷とはいえ、ものを極力増やさないよう生活してきたおかげで荷運びにはさほど苦労しなかった。

冷蔵庫、電子レンジ、炊飯器など最低限の家電。寝具に服に、食器の数かず。本やCDなどはほぼデータ化してしまったし、三澄の教科書類を除けば荷物と呼べるほどの品はなかった。

「ええと。奥が居間で、あっちが客間か？　だったらおれ、こっちの八畳間を使わせてもらおうかな」

頭にタオルを巻いた蓮次が言う。

「んじゃおれ、向こうの東向きの部屋をもらうね」と三澄。

「それならおれは……ああ、ここは座敷か」

障子戸を開けて、一道が目をしばたたいた。

三澄も、長兄の背後から中を覗《のぞ》きこむ。

障子戸の向こうに十二畳の広い座敷があった。北向きで陽が射さないせいか、ほかの部屋よりひんやりとして、やや黴《かび》くさい。

床の間には古びた掛け軸が下がり、同じく煤ぼけた大壺《おおつぼ》が置かれていた。壺は違い棚と床脇にも飾られているが、門外漢の三澄には、それが花活《はない》けなのか墨壺なのかもわからない。

書院障子は縦繁《たてしげ》で扇と竹の透かし細工がほどこされ、香炉だの飾り皿だのがごたごたと並べてあった。

「清治郎伯父は質屋だったらしいからな。きっと壺だの掛け軸には、造詣《ぞうけい》が深かったんだろうさ」

一道が言う。蓮次が首をひねって、

「こんな古くさいもんに、どう値打ちがあるのかねえ。ひとまずは捨てずにとっておいたほうがいいんだろうな。庭に物置があったから、まとめて突っこんでおくか。探せばどっかに箱があるだろう」

「あれも値打ちものなのかな」

三澄は長押《なげし》を指さした。

そこには竹額《たけがく》に飾られた能面が掛かっていた。つられて見上げた次兄が、一瞬息を詰める気配がした。

女面《おんなめん》、般若《はんにゃ》、翁《おきな》と、ひとつの額に三つの面が並んでいる。

女面は一般的に『能面』と呼ばれるだろうよくあるデザインだ。真っ白な細面で、黒髪を頭頂部で左右に分けている。二重とも一重ともつかぬ切れ長の目に、通った鼻すじ。唇がややひらいて、上の歯が覗いている。

——でも、ふつうの能面と印象が違う。

なぜだろうと何度か角度を変えて眺め、はっと三澄は気づいた。

白目の部分が、にぶい金いろに塗られているのだ。そのせいだろう、どこか恨みがましいような、どろりと濁った目つきに映る。

その横の般若も、三澄がよく知る般若面ではなかった。

角が生えているから鬼面であることは間違いないのだろうが、人間から鬼になりかけの表情を切り取ったような顔だ。

角は短く、口は大きく開いているものの耳まで裂けてはいない。一般的な般若面のようにかっとひらいた眼ではなく、うつろな上目づかいである。白目の部分がやはり金に塗られており、乱れた髪が頬にふたすじ三すじ刷《は》かれている。怖いというよりも、薄気味が悪い。

しかしもっとも生なましかったのは、右端の翁面であった。

動物の毛でも植えたのだろうか、頭部は白い髷《まげ》を結い、顎《あご》からは長い鬚《ひげ》が伸びている。額と頬には深い皺《しわ》が刻まれていた。

憂いを帯びた両の眉《まゆ》が八の字に垂れている。なかばひらいた口からは、やはり上の歯だけが覗いている。

なにより奇妙なのは、その表情だった。

悲しんでいるような、怒っているような、放心しているような、そしてそのどれでもないような――。いまにも怒鳴りだすか、泣きだすか、激情をあらわにする寸前の表情にも見えた。

眺めているこちらの心が、不安定に揺らいできそうだ。そして翁の白目もやはり、濁った金いろに塗りつぶされていた。

「こいつは……いやだな」

一道がぽつんと言う。

ああそうだ、と三澄も思った。

怖い。気味が悪い。おっかない。でも「いやだ」というのがたぶん一番当たっている。

これがここにあるのがいやだ。見ているのがいやだ。

なのに目をそらせない。

だから、いっそういやだ。

「おい蓮次、そこの天袋開けてみろ。箱がないか？――こいつだけは、いますぐ片付けちまおう。夜中に見たくねえわ」

「了解」

一道の命令に、蓮次がおとなしく従う。

三澄はゆっくりと能面から視線を引き剝《は》がした。同時に床の間の掛け軸が目に入った。

掛け軸は、墨書きの寿老人《じゅろうじん》の図柄であった。

巻物を下げた杖《つえ》を片手に持ち、もう片手に不老長寿の象徴である桃を持っている。浮かべているのは、目を細めた福々しい笑みだ。

だがその眼を見た瞬間、なぜか三澄はぞくりとした。


その夜、三兄弟はそれぞれに分かれて就寝した。

蓮次は八畳間、三澄は奥の六畳間、そして一道が座敷である。

日中はまだまだ暑い日がつづくものの、夜となればぐっと冷えこむ。エアコンのない古家でも、窓を開ければ寝苦しいことはなかった。庭から聞こえるかすかな虫の音が、初秋を感じさせる。

三澄は布団に腹這《はらば》いになってノートパソコンをいじっていた。

時刻は零時をまわったが、なんとなく興奮して眠れない。もともと枕が替わると寝つけないたちなのだ。

もうすこしネットしていよう、もうすこしだけ――と往生際悪く粘るうち、時間はさらに過ぎていく。

友人のインスタグラムを巡回していると、美味《うま》そうな焼肉の画像に出くわした。

そういえば小腹が減ったな、とぼんやり思う。片付けが忙しくて、七時頃に出前の天ぷら蕎麦《そば》を食べたっきりだ。冷蔵庫は空で電源すら入れていないし、パンやカップラーメンの買い置きもない。

これは近くのコンビニでも行くしかないか――と考えたそのとき。

短い、だが鋭い悲鳴が聞こえた。

――座敷の方からだ。

一《カズ》兄ちゃんの声だ。

三澄は掛け布団を跳ねのけ、ためらいなく部屋を走り出た。廊下のなかばで、蓮次とあやうくぶつかりかける。

「三澄か。――さっきの悲鳴、聞いたか」

「うん、一兄ちゃんだ。行こう」

うなずきあい、二人は駆けた。

長い廊下の角を曲がって、ぎょっと立ちすくむ。

ひらいた座敷の障子戸から、一道が半身を乗りだして廊下へ這い出ていた。伸ばした右手の五指が、すがるように床板に食いこんでいる。髪が乱れ、寝間着代わりのTシャツが大きくめくれている。ぜいぜいと肩で息をしていた。

三澄の頭に真っ先に浮かんだのは、

――泥棒。

の二文字だった。

男所帯はどうしても防犯意識が薄くなる。ことに今夜は蒸し暑いのをいいことに、あちこち窓を開けはなしていた。暴漢を招き入れているようなものだ。

雨戸の心張棒にしていたビニール傘を、三澄は咄嗟《とっさ》に摑《つか》んだ。傘を木刀のごとく構え、座敷に飛びこむ。

しかし、誰もいなかった。

窓は開けはなたれている。だが畳に泥靴の跡はなく、いままで人がいた気配も臭気もない。

眼前に床の間があった。書院障子があった。掛け軸があり、大壺があった。

そして。

長押に、能面が掛かっていた。

翁の面だけだ。竹額すらない。光る双眸《そうぼう》が冷ややかに彼を見おろしている。塗料のせいではなかった。眼そのものが薄闇にぼうと浮かびあがっていた。内側から発光しているかのような、底冷えのする輝きだった。

――まさか。

三澄は啞然《あぜん》と額を見上げた。

まさか、だってこいつは日中のうちに片付けたはずだ。桐箱に三枚の面を重ねておさめ、確かに物置へしまいこんだ。扉には南京《なんきん》錠までかけた。なのに、なぜ。

──なぜ。

「三澄！」

背後から怒声がした。

蓮次だ。はっと三澄はわれに返った。

「なにをぼさっとしてる！　兄貴の、喘息《ぜんそく》の発作だ。早く薬！　それから水を一杯持ってこい！」

「あ、ああ、うん」

わかった──と三澄はうなずき、駆け出した。

荷物のほとんどはまだ玄関先に置きっぱなしだ。常備薬を入れた薬箱も、段ボールに詰まったままである。

三澄は『薬、食器』と書かれた段ボールのガムテープを引き剝がし、中を探った。探りながら、気のせいだ、と自分に言い聞かせた。

そうだ、なにかの間違いだ。

馬鹿馬鹿しい。能面が勝手に一人歩きするわけがない。きっと一枚だけしまい忘れたんだ。おれたちの不手際に決まっている。

違う、ごまかすな。額ごと長押《なげし》からはずしたのに、一枚だけおさめそびれるわけがあるものか──という内心の声は、強いて無視した。

長兄の喘息の発作が、ほぼ十五年ぶりだという事実も黙殺した。いまは深く考えたくなかった。

喘息の吸入薬と水を汲《く》んだコップを手に、三澄は座敷へ駆け戻った。

「兄ちゃん、薬……」

ぎくりと彼は足を止めた。

一道はまだ廊下にうつ伏せたままだ。蓮次がその横に膝《ひざ》を突いている。次兄の横顔が、やけに青い。

どうしたの、と訊《き》きかけて三澄は言葉を呑《の》んだ。

さっきは一道のTシャツが、めくれあがっているように見えた。しかし違った。首もとまで大きく裂かれているのだった。

あらわになった背中の素肌には、三本の赤く長いすじが走っていた。

爪跡だ。しかも深い。血が滲《にじ》み、無残な蚯蚓《みみず》腫《ば》れになっている。

誰が——と訊く気はしなかった。

この邸内に誰かが侵入し、逃げていった気配はない。物音もなかった。

なにより感覚で、肌でわかる。いまここには誰もいない。おれたち兄弟以外の誰かがひそんでいるとは思えない。

三澄はコップと吸入薬を次兄に押しつけ、ふらりと座敷へ入った。

電灯の紐《ひも》へ手を伸ばす。

蛍光灯のしらじらとしたあかりが、室内を照らしだした。

三澄は座敷を見まわした。

眼前に床の間があった。書院障子があった。掛け軸があり、大壺《おおつぼ》があった。長押にはやはり翁の能面が掛かっていた。双眸はもう光っていない。だが。

三澄はその場から動けなかった。

能面が笑っている、と感じた。表情は変わっていない。なのに眼が――金いろに塗られた眼がまっすぐに三澄を見据え、嗤《わら》っていた。

不吉な笑みだった。はっきりと悪意を感じた。

以前の持ち主である伯父《おじ》のことはよく知らない。なぜ憎悪を向けられるのかもわからない。それだけに、敵意が痛いほど染みた。産毛までそそけ立つ、強烈な悪意であった。

三澄は兄たちを振りかえった。

一道はいまだ板敷の廊下にうつ伏せ、あえいでいる。蓮次の横顔は青ざめ、ひどく硬い。

窓からひとすじ冷えた風が吹きこんだ。

夜気に触れた三澄の腕が、音もなくさあっと鳥肌立った。

2

「だからさ、焼き飯と炒飯《チャーハン》は似て非なるものなんだって」

口をもぐもぐ動かしながら、森司は対面《トイメン》の鈴木にそう熱弁した。

場所は森司のアパートで、時刻は午後十二時半。鈴木がバイトまで時間があるというので、愚痴を聞いてもらいがてら昼食に招待したのだ。

二人が汗を拭《ふ》き拭き食べているのは、森司作の焼き飯である。具はねぎと安いソーセージ、卵といたってシンプルだ。

まず半熟の目玉焼きを作り、皿にとる。次に油をよく熱し、ねぎを炒《いた》めて油に香りを移す。刻んだソーセージを合わせて炒める。頃合いになったら、かねて用意の冷や飯を投入する。

冷や飯の塊を木べらで潰《つぶ》しながら、よく炒め合わせる。醬油《しょうゆ》をフライパンの鍋《なべ》肌で焦がしつつ、ひと回し注ぐ。さらに胡椒《こしょう》と化学調味料をふる。

皿に盛って、さきほどの目玉焼きを載せれば出来あがりだ。そして熱々のうちに食す。ここが一番重要である。冷めると味が十分の一以下に落ちる。

目玉焼きを突き崩し、とろりと流れた黄身を飯にまぶしながら食べるのがこつだ。口の中が熱でだるくなったら氷入りの烏龍茶《ウーロンちゃ》を呷《あお》って冷まし、ふたたび熱々の焼き飯にとりかかる。

「炒飯はほら、『ぱらぱら感が命』とか、『叉焼《チャーシュー》でないと、XO醬《ジャン》でないと』とか言うだろ？　でも焼き飯はそういうの必要ないから。一人暮らしの男がてきとーに作った感満載なところに醍醐味《だいごみ》があるから」

「わからんでもないです。まあおれは料理しませんけど」

鈴木が焼き飯を頬張ってうなずく。

「で、八神さん。さっき構内で出くわしたおっさん、あれが噂の……」

「まあ待て」

右手でスプーンを使いながら、森司は左手で鈴木を制した。

「その話は食ってからにしよう。食いながらしゃべると、焼き飯が冷めてまずくなる」

「了解」

かくして男二人でがつがつと焼き飯をむさぼること、数分。

「ごちそうさんでした」

「おそまつさまでした」

向き合って頭を下げ合い、烏龍茶の残りでしばし一服する。

やがて、ぽつんと森司は言った。

「――そうなんだよ、あれが噂の鴻巣コーチ」

ひとりでに肩が落ちる。

今日の昼過ぎ、森司は講義を終えて鈴木とともに教育学部棟の方角に歩いていた。その曲がり角でふいに、トレーニングセンターから出てきた鴻巣と鉢合わせてしまったのだ。

条件反射的に森司は直立不動で挨拶《あいさつ》をした。

だが鴻巣はじろりと彼を見て、

「……ふん、みっともない脚しやがって」

と言い捨てた。

森司が細身のパンツを穿《は》いていたため、筋肉の落ちたふくらはぎが一目でわかったらしい。咄嗟《とっさ》になにも言えぬ彼に、いま一度鼻を鳴らし、振りかえりもせず鴻巣は去っていった。

それが、つい三十分前のことだ。

鈴木がテーブルに肘《ひじ》を突いて、

「一般教養のクラスに陸上部のやつがいるんで、ちらっとですが洩《も》れ聞きましたわ。正規のコーチが入院中なんで臨時として来たそうですね。なんでも、えらい鬼コーチだとか。八神さんを教えてた頃もそうやったんですか？」

「鬼というか、うーん……」

森司は眉根《まゆね》を寄せた。

「自分にも他人にも厳しい人なんだ、信念が強くて、頑とした指導理念と人生哲学があるっていうかさ。そこは確かに尊敬できるんだよ。でもおれは彼の信念に沿わなかったみたいで、徹底して嫌われてた。『覇気がない。だらしない。だから万年補欠なんだ』って」

「ほしたら、おれなんかとはまず合わんタイプでしょうな。小学生んときは『なよなよすんな』、『おまえみたいなやつ、顔見ただけで気ぃ悪い』って、体罰主義の体育教師によう小突かれたもんですわ」

鈴木が嘆息した。

「典型的体育会系ではないにしろ、八神さんはおれから見たら充分にスポーツマン系ですけどね。もっと闘争心剝《む》き出しにしとかな伝わらんのですかね」

「だと思う。……確かにおれは、浩太の陰に隠れた補欠選手だったけどさ。走ることと自体はずっと好きだったんだ。でも鴻巣コーチがいた中二の一年間だけは、部活に行くのがいやだった。日曜の夜は毎週胃が痛くなった」

森司は天井を仰ぎ、遠い過去を思いかえした。

――おまえみたいな、ライバルに負けてへらへらしてるやつは大成しない。

――必死になれないやつは、なにをしたって駄目だ。

――おまえを見てると苛々《いらいら》する。グラウンドから出ていけ。

「泉水さんに言われたよ」

森司はスプーンを手でもてあそんだ。

「苦手な相手なのはわかるが、もし灘の前で罵倒《ばとう》されたら言いかえせって。好きな女の前ではせめて格好付けろって」

「泉水さんらしいですな」

鈴木が苦笑した。

「せやったら今日は、一緒にいたのがおれでまだマシ――いや、やめましょう。ここは明るい話題に変えて、ほら例の『月刊シティスケープ』。あれ一年生の間でも話題ですよ。関係ないおれまで、灘さんと八神さんについて根掘り葉掘り訊《き》かれましたもん」

「えっ」森司は体を引いた。

「マジか。なんかごめんな」

一転して済まなそうになる彼に、鈴木が手を振る。

「いやべつに。ところでその灘さんとはどうなってますの。あれから、なんぞ進展しましたか」

「え、いや。とくには……」

うつむいて、森司は烏龍茶を啜《すす》った。鈴木がつづける。

「せっかく周囲が認めつつあるんやし、そろそろ二度目のデートに誘ってええん違《ちゃ》います？　ああ、でもいま出歩いたら注目の的か」

「注目っておまえ、大げさな」

森司は笑った。しかし鈴木は真顔で、

「なんも大げさなことないでしょ。言うても灘さんは大学のひそかな有名人ですからね。二人が付き合うんかそうでないかは雪大全男子学生の一大事ですよ。爪の垢《あか》ほど残った最後の希望が、ついえるかどうかの瀬戸際です。すべては八神さんの今後の行動次第です」

「プ、プレッシャーかけるなよ……」

もごもごと森司は言い、気まずさをごまかすように壁際のチェストを見あげた。

まるいサボテンの鉢が、無言で彼を見下ろしていた。

3

「植戸三澄と言います。理学部一年です、よろしくお願いします」

そう言って一礼したのは、高校生のように初々しい童顔の少年であった。綿のシャツにチノパンツというシンプルなファストファッションだが、ブルー系のコーディネートがよく似合っている。スニーカーの靴底が、ライトイエローで差し色になっているのが爽《さわ》やかだ。

「あの、矢田先生から、相談料はいらないからお菓子を持っていけと言われまして……。安物ですみません」

と申しわけなさそうに三澄が差しだしたのは、コンビニで購入したらしい人数ぶんのプリンであった。

途端に黒沼部長は目を輝かせて、

「あ！　これ今週発売の新作だね。ピエール・エルメとコラボで、生クリームが従来の二倍ってやつ。いやあ食べたいと思ってたんだ、ありがとう」

ほくほくと受けとり、三澄の足もとに置かれた紙袋を指さす。

「ところで、そこに入ってるのが例のあれかな？」

「あ、……はい」

三澄はためらいがちにうなずいた。

「見たいとのことだったのでお持ちしました。メールでお知らせした能面です。ここに来るまではなにも起こらなかったので、たぶん大丈夫と思うんですが」


「だってさ」

部長は首をめぐらせて、斜め横に座る森司と鈴木を見やった。

その向こうではこよみが細心の注意を払って、水出し用のコーヒーポットをグラスに傾けている。なにやらこだわりがあるらしく、けして森司たちには手伝わせてくれないのだ。

「八神くん、鈴木くん。どうかな、なにか感じる？」

森司は答えた。

「はい。ごちゃごちゃしててわかりにくいけど……、なにかしら〝憑《つ》いて〟いるのは間違いないです。いい感じはしませんね」

「無害ではないです。せやけど無差別でもない」と鈴木。

「そちらの植戸くんには、多少なりと影響があるん違うかな。けどおれらなんかは眼中に入ってへん、いう感じです」

部内でもっとも視る力の強い泉水は、いまはバイトで不在である。その従兄《いとこ》とはいえ霊感ゼロの部長が、

「じゃあさっそく現物を拝ませてもらおう。植戸くん、出してみて」

とうながした。

植戸三澄が「はい」と安っぽい茶色の紙袋を膝《ひざ》に置き、中から桐箱を取りだす。慎重に長テーブルに置くと、ゆっくり朱房を解《ほど》き、蓋《ふた》をはずした。

「この三枚で一揃いらしいんです。いわゆる能面——ですよね？」

自信なさそうに三澄が語尾を上げる。

うん、確かに能面だ——と森司は内心でつぶやいた。

右から順に、女の顔をした赤い鬼面、女面、老人の面である。真ん中の女面は、「能面」と言われて人が真っ先に思い浮かべるだろう、若く美しい女の面だった。

口角がわずかに上がっているから微笑んでいるのだろうが、なぜか笑っているように見えない。なぜだろう、とよくよく見て気づく。白目の部分が、金の塗料で塗りつぶされているのだ。そのせいで眼そのものが濁って映る。

右の鬼面にいたっては、気味が悪いの一言だった。これも同じく白目が金で塗られている。髪を乱し、うつろな目を見ひらき、牙《きば》になりかけの歯を歪《ゆが》んだ口から覗《のぞ》かせていた。完全な鬼ではなく、まだ人間の造作をしているのがかえって怖い。

でも、と森司は思った。

——でもそれより、左の老人の面が、一番。

部長が首をひねって、

「祖母のお能や歌舞伎鑑賞によく付き合わされたから、ぼくも最低限の知識はあるつもりだ。その乏しい見識から言わせてもらうと、たぶん右から生成《なまなり》、泥眼《でいがん》、翁《おきな》……いや、尉面《じょうめん》だろうな。尉面も翁面も同じく老爺《ろうや》をかたどった面だが、翁は確か目が黒くくり抜かれていて、切り顎《あご》で口が動くようになっている。こいつは額の皺《しわ》が四本だから、分類としては〝皺尉《しわじょう》〟になるのかも。……おや、尉面の白目と歯まで金泥《きんでい》が塗られてるじゃないか」

「それって珍しいんですか」森司は問うた。

部長がうなずいて、

「うろ覚えだけどね。目と歯に金泥をほどこすのは、基本的に大飛出《おおとびで》や般若《はんにゃ》などの鬼面に使う技法だったはず。独特の目つきで『これは鬼、怨霊《おんりょう》、あやかしのたぐいです』と表現するわけだ。ということは、ただの尉面ではないんだろう。それにたぶん、模刻品《もこくひん》でなくオリジナルだよ」

と言った。

「現代において舞台で使われる面は、重要美術品指定されている〝本面《ほんめん》〟の模刻品がほとんどなんだ。本面が破損したらえらいことだからね。それと、この女面は白目に金泥を使っているからには〝泥眼〟なんだろうが、目鼻立ちは〝孫次郎《まごじろう》〟のものだな」

「孫次郎？」

鈴木が首をかしげる。

「女面の呼称だよ。面打ち師、金剛《こんごう》孫次郎の名をそのまま取ったのさ。若くして死んだ彼自身の妻がモデルだという女面は、小面《こおもて》よりもほっそりとして優美かつ高貴な雰囲気をたたえている。確か『井筒《いづつ》』や『野宮《ののみや》』を舞うときに使うんじゃなかったかな。二十代なかばくらいの美しい人妻のイメージだね」

「あの、すみません」

森司は耐えかねて右手を挙げた。

「百パーセント門外漢のおれたちにも、わかるように話してもらえませんか。まず泥眼だの生成がわかりません。金泥というのは、白目に塗られてる塗料のことでいいんでしょうか」

「ああ、ごめんごめん」

部長が片手を立てて謝った。

「〝泥眼〟と〝生成〟は、どちらも鬼面の種類だよ。泥眼はおもに女の生霊を演じるとき用いる面のこと。生成は別名を〝なりかかり〟と言うとおり、人から鬼になりかけの女をあらわす面だ。まだ人としての感情を残しているぶん、憤怒《ふんぬ》より恨めしさを前面に出しているのが特徴かな」

能面の白目を指して、

「そして金泥は、さっき八神くんが尋ねたとおりこの塗料のことだ。金粉を膠水《にかわすい》で溶いたもので、こいつを目と歯に塗ることで〝泥眼〟ほか鬼面は、生身の女が持ち得ない妖《よう》気《き》を表現する」

「さっき部長が言った孫次郎というのは、鬼面ではないんですね？」

森司が問う。

部長が「そう」と応《こた》えて、

「孫次郎は理想的な美女の面だ。小面は花ならつぼみ、といった初々しい美しさ。孫次郎はすでに花ひらいた、匂いたつような美しさって感じかな。しかしこの面は孫次郎の顔に妖《あや》しの目を持たせている。いったいどういう趣向なのかねえ」

彼は植戸三澄を振りむいた。

「植戸くん、ごめん。ちょっと面裏の銘を見せてもらっていい？」

「あ、はい。どうぞ」

しかし部長が面に触れる前に、

「あのっ」

と森司は声を上げた。部長の腕が止まる。

「あの、――触るなら、そっちの泥眼か生成ってやつにしとくのがいいです。いや、是非そうしてください。老人の面は、やめたほうが」

「そうか」

部長はなぜかとは訊《き》かなかった。ただうなずき、泥眼を手に取った。

「さほど古いものじゃあないね。打ったのは二、三十年前ってとこか。銘は焼き印で――

——えっと、『光泥』。こうでいと読むのかな。植戸くん、箱書きはある？」

「さあ」

　三澄は戸惑い顔でかぶりを振った。

「すみません。天袋にあった、適当な桐箱におさめて持ってきたものですから。どれがなんの箱なのか、おれたちしろうとじゃさっぱりわからないんです」

「だよねえ。ま、それが普通だよね」

　部長は泥眼の面をためつすがめつして、

「出来はかなりいいようだ。妖しいが、美しい。いわゆる〝中間表情〟を完璧《かんぺき》に再現している」

　と言った。

　こよみが横から言い添えて、

「能楽研究家の野上豊一郎《のがみとよいちろう》が言った『表情位相の中間に位する表情』ですね」

「そう、それ。……『まづあらゆる表情の変化を研究してその中から数学で謂ふところの共通因数的《コンモンファクター》な与件を捜し出して、それを仮面に彫り出したのである。さうすれば表情は或《あ》る特定の片寄つたものとならないで、諸種の表情位相の中間に位するやうな表情となるから、私はそれに中間表情といふ名称を与へた。中間表情は俗に謂ふところの無表情に近い相貌《そうぼう》である』ってやつ」

　部長はすらすらと暗唱してみせた。

「この孫次郎、モデルの本面はありそうだけど、たぶん写しじゃなく一から打ち上げたんじゃないかな。どちらにしろ、まったく無名の面打ちの作品じゃあないだろう。ところで、八神くん」

部長は顔を上げた。

「まずいのは、こっちの尉面だけなんだね？」

「――と、思います」

森司はうなずいた。

「なんていうか、三枚ともおかしな空気は持ってるんです。でも一番まずいというか、やばいのは間違いなくその老人の――ええと、尉面です。なにか薄黒いものが、複雑に絡みあっていて」

「鈴木くんはどう思う？」

「ほぼ同意です。複数の人間の思いが憑《つ》いてますね。せやけどその中に、ひときわ強い念がある」

森司が眉《み》間《けん》に皺を寄せる。

「おかしな目に遭ったのは、上のお兄さんだけなんだよな？」

「はい。あの夜は、一兄ちゃ――長兄だけでした」

三澄はうなずいたが、眉《まゆ》じりを下げて、

「でも次兄も、確かに様子がおかしいんです。あのあと能面をしまいなおしたんですが、そのときもけっして触れようとしませんでした。箱を持つのすらいやがったから、おれが物置に運んで、なるべく奥に押しこんでおきました」

彼はすこし言いよどんだ。

「なのに、見たんです。――その二日後、次兄が能面をおさめたはずの箱を持って、足音を忍ばせながら物置に向かうのを。横顔が真っ青でした。あんなに怯《おび》えていた次兄が自分から面を出してくるとは思えませんし、第一、おいそれとは取れないくらい奥に入れておいたはずなのに……」

「またひとりでに物置から出てきたってことか」

森司は唸《うな》った。

「その件について、上のお兄さんには話した？」と部長。

三澄は首を横に振った。

「いえ。長兄はもう能面のことはむしかえしたくないようで、訊ける雰囲気じゃないんです。とりあえず寝床を別の部屋に移して、いまはやり過ごしています。さいわい部屋数だけは多いので」

「そうか。じゃあ現在わかっていることは、面打ち師の名前くらいだね。ここは無難に、専門家の力を借りるとしようか」

と言って部長は携帯電話に手を伸ばした。

4

寺尾《てらお》駅前の古道具屋『西雲堂《せいうんどう》』は、記憶とすこしも変わっていなかった。

デザイナー牧村巽《まきむらたつみ》の鏡について訊くため、この店の暖簾《のれん》をくぐったのは、もう二年も前になる。

店主の小熊のような体格も、あたり一帯に発散される陽性の気もそのままだった。彼は揉《も》み手《で》をしながら一同を迎え、

「いやあ、これはいい。じつにいい出来の面です。保存状態も良好だし、箱書きがあれば完璧ですね。え、たぶん家のどこかにある？　是非とも探しておいてください。喜んでうちで買い取らせていただきますよ。能面は西洋人のお客さまに、コンスタントな人気がありますからねえ」

と手ばなしの喜びようだった。

「売るのはかまわないんですが……」

三澄が言う。

「その前に、これの作者とか前の持ち主について知りたいんです。『光泥』というのは、有名な人なんですか？」

「いや、聞いたことがないな。でもあとで目録を当たってみますよ。作品に特徴がある

からすぐ見つかるでしょう」

と店主は請け合い、手袋をはめて生成を持ちあげた。

「三枚の中で、これだけはほぼ完全な模刻品です。江戸出目《えどでめ》家二代目、満茂《みつしげ》の生成ですね。とはいえ本面から直接型をとったわけじゃないようだ。写真を見ながら打ったんでしょうな、それにしちゃあ出来がいいが」

「しろうとの作品ではないですよね？」部長が問う。

「もちろんです」

店主は首肯した。

「こっちの泥眼は、うーん、孫次郎……、中でも三井《みつい》記念美術館所蔵の孫次郎に一番近いかな。しかし目に金泥がほどこされているから、やっぱり泥眼なんでしょう」

「泥眼というのは『葵上《あおいのうえ》』の六条御息所《ろくじょうのみやすどころ》など、生霊や怨霊《おんりょう》の役に使われる面で間違いないですよね？」

「ええ。もともとは悟りをひらいて成仏した女や、菩薩《ぼさつ》をあらわす面だったようです。しかし江戸以降は、金泥の目は超自然的な光だけでなく、嫉妬《しっと》や怨念をも表現するようになった。鬼とまではなりきれない、プライドの高い高貴な女性の恨みと悲しみですかね。ほら、これなんか典型的です」

と言って店主が取りだした箱には、まぎれもない泥眼の面がおさまっていた。

「河内家重《かわちいえしげ》の模刻ですよ。こんなふうに従来の泥眼は恨めしげに眉がさがり、口がややひらいている。しかし植戸さんの家にあったというこちらの面は、口角があがって微笑んでいます。微笑みながら、眼で憎んでいる」

「作者のなにかしらの意匠ですかね。最後にこの尉面《じょうめん》ですが、どうですか」

「ふうむ」

店主は顎《あご》を撫《な》でて唸った。

「正直、これが一番出来がいいんですよ。しかしオリジナリティが強すぎる。現在の面打ち師には、強い個性というのはほぼ求められません。模作が基本ですからね。いやもちろん、個性がまったく認められないわけじゃありませんよ。でもここまで既存の面からはずれると……」

「需要がない？」

「すくなくとも役者にはね。古典の舞台では使いづらいはずです」

「なるほど。異端の面打ち師ってわけだ」

部長はそう言い、自分の言葉にうなずいた。

なにかわかったことがあったらご連絡を、と店主に言い置いて、一同は『西雲堂』を出た。

駅前で泉水と合流した彼らが、つづいて向かったのは植戸家だった。

三澄の言ったとおり、いかにも日本家屋といったふうの平屋建てだ。板塀から突き出た柿の木といい、格子の引き戸といい、昭和中期の香りが芬々《ふんぷん》と漂っている。

「物置は庭です。能面が本来おさまっていた箱があるとしたら、たぶんそこじゃないかと。でも物が多すぎて、探しだすには数日かかりそうです」

と困り顔の三澄に、

「おれがやる」

と泉水が進み出た。森司と鈴木を肩越しに見やって、

「外からでもおおよそわかるだろ。わかるよな?」と言った。

森司がかぶりを振る。

「いえ、……〝なにかある〟ってことはわかるんですが、それ以上は」

「ほしたら、おれ手伝いますわ。たぶんおれのほうが向いてます」

鈴木が手を挙げて志願した。

「八神さんよりおれのほうが〝波長が合う〟タイプのやつですね。こっからでも、陰性の気がぴりぴりしますわ」

「じゃあ鈴木はこっちへ。本家とこよみは下がってろ。八神はおれが出したもんを積みなおしてくれ。関係ない品は破損させたくないからな」

「了解です」

泉水がやっている引っ越し屋のバイトに、短期間だが森司は従事したことがある。ほとんど手順は忘れてしまったが、荷材の積み方や、壊れものの扱いくらいなら覚えてい

るつもりだ。

物置の戸を開けると、黴《かび》と樟脳《しょうのう》の臭いが鼻を突いた。まぎれもなく質屋および骨董屋《こっとうや》の臭気である。

「質流れ品の山ってとこか」

泉水が手前から順に、大きな木箱を庭へ運びだしていく。大鎧《おおよろい》や槍《やり》など、箱におさめられないサイズの骨董《こっとう》もあった。衣紋《えもん》掛けにかかったままの振袖《ふりそで》などもある。

「あ、それと違います？」

「そのようだな。能面の共箱だ」

鈴木が指さした桐箱を、泉水が抜いた。

泉水が桐箱を後ろ手に鈴木へ渡す。さらに鈴木から受けとって、部長がふと首をかしげた。

「端に焦げ跡があるね。どうしたんだろ」

蓋《ふた》をひらく。裏側に、墨筆の作者名と落款があった。

「うん、ちゃんと銘がある。落款はだいぶ薄れてるけど、『澤』かな。小澤《おざわ》……『小澤光泥《こうでい》』か。こう言っちゃなんだけど、面打ちの腕に比べたら筆使いはだいぶ落ちるね。でもフルネームがわかったのはありがたい。西雲堂さんにメールしておこうっと」

と部長は携帯電話を取りだしかけ、

「――あれ、どうもこんにちは」

瞬時に笑顔をつくって、板塀越しに頭を下げた。

つられて森司もそちらを見る。

塀の向こうに、気まずそうな顔をした中年女性が立っていた。前籠《かご》にスーパーのビニール袋を入れた自転車を押している。いかにも買い物帰りといった様子だ。

「ご近所のかたですか？」

物怖《ものお》じという言葉を知らない黒沼部長が、にこにこ顔で問う。

「ぼくら、この植戸三澄くんと同じ雪越大学の学生です。ご存じですよね、彼ら兄弟がここに引っ越してきたこと？」

「ええ、はい」

彼女はうなずいて、三澄に視線を流した。

「先週、お引っ越しの挨拶《あいさつ》に来られましたから」

「二軒隣の門脇《かどわき》さんです」

三澄が言い添える。部長は笑みをさらに広げて、

「二軒隣かあ。それなら清治郎さんとは長らく密にご近所付き合いなさってたでしょう。三澄くんたちは残念ながら、生前の伯父《おじ》さんと交流がなかったそうでね。清治郎さんについて、よかったらいろいろ教えてあげてくれませんか」

と言った。

門脇がほつれ毛をかき上げた。

「いえそんな。隣組として、ごく一般的にお付き合いしていただけですわ。植戸さんは気前のいいかたでしたから、こちらはお世話になりっぱなしでね。ただわたしが言いたいのは、その……」

「なんです？」

部長が微笑を崩さず、追い打ちをかける。

門脇は目をそらした。

「なんて言ったらいいか、――あのう、あんまり物置を、引っかきまわしたりしないほうがいいかと思って」

奥歯にものの挟まったような口調だった。

「古道具屋さんでも呼んで、そっくり売っちゃったらどうかと思うんですよ。ええ、こんな言いかた、お節介ですよね。でもお節介は承知で、ほら、あんまり似たようなことがつづいたら、町内の皆さんだって嫌がりますから」

「どういうことです」

三澄が身を乗りだした。

彼女は口をつぐんだ。言いすぎた、という後悔が硬い頰に浮かんでいた。しかし三澄は引かず、

「教えてください、いったいなんなんです。親切のつもりかもしれないが、隠されたって気になるだけだ。はっきり言ってください」

まなじりが吊り上がっていた。語気が変わっている。

しばらく門脇は無言で顔を曇らせていた。だがやがて、吐息まじりに言った。

「……いわくつきの品がね、あるはずなんです。その物置の中に」

「もしかして、三つ揃いの能面のことですか？」

無造作に部長が言う。

門脇の顔が、雄弁に青ざめた。

「どうして」と問うてから、はっとうろたえる。

「ああ、まさかもう……」

「落ち着いてください」

部長は彼女を手で制して、

「大丈夫ですよ、まだなにも起こっちゃいない。というかこれから起こさないために、なにがあったか知っておきたいんです。よろしかったら、上がってお茶でもいかがですか？」

「いえ、じきに主人が帰ってきますから。……でも」

門脇は、物置をちらりと横目でうかがった。中にいるものを恐れてでもいるかのように、声をひそめる。

「わたしもそんな、さほどくわしく知っているわけじゃないんです。ただあの品を手もとに置くようになってから、植戸のおじちゃんは人が変わってしまって」

おじちゃん、という呼称からして、それなりに親しくしていたようだ。部長が重ねて尋ねる。

「もとは質草だったんですか？　あの面は」

「そう聞いています」

門脇は落ち着きなく衿《えり》をいじった。

「おじちゃんの話では、『骨と皮に痩《や》せほそった男性が〝どうか一万でいいので〟と、框《かまち》に額を擦《こす》りつけるようにして言うので、つい同情して、中もあらためず三万円で引きとった』そうです。でも『期待せず蓋を開けたら、意外な掘り出し物だった。あの御仁が質札を持って来なすったら、買い取りを持ちかけてみなくちゃな』と言うくらい、最初のうちは気に入っていました。――ええ、ごく最初のうちは」

とまぶたを伏せた。

「それは何年前のことです？」

「いまから三年、いえ、二年半前です。あの能面を手に入れてから、一箇月もしないうち、おじちゃんはおかしくなっていきました。『確かにしまったはずなのに、夜中に目を覚ますと部屋にある』だの、『寝てる間も、こっちの顔をじっと見てる』だのと言いだすようになって……。

神経が弱っているのかとお医者を勧めましたが、軽い眠剤が出されただけでした。でもいまならわかります。おじちゃんが正しかった。〝あれ〟はよくないものでした。人の手に負えるものじゃなかった」

「失礼ですが、手放せばよかったのでは？」

森司がそっと言う。だが門脇は顔を引き攣《つ》らせた。

「駄目だったんです」

「え？」

「三箇月が経って質流れと決まったあと、おじちゃんはすぐあれを売ろうとしました。ええ、買い手はたくさんあったんです。でも何度売っても、〝あれ〟は、戻ってきてしまって」

「戻ってきたって……」

森司はつばを呑《の》みこんだ。

「つまりこの家に、いつの間にかまたあった、ってことですか」

「そうです。もちろん商売柄、買い手先だって充分な防犯対策はしていたんですよ。施錠して、警備会社とも契約してね。なのに三度売って三度とも帰ってきてしまったんです。おじちゃんはそのたび、真っ青になって代金をお店に返してました」

門脇は眉間《みけん》を指で押さえて、

「おじちゃんはみるみる痩せていきました。おまけに食事もとらないし、眠らないし……。おじちゃん、言ってました。『あの尉面《じょうめん》は死ぬ間際の、親父の顔そっくりだ』って。三枚ともおっかない顔ですけれど、中でもとくに、おじちゃんはあの老人の面を怖がっていたんです。『親父がおれを恨んで、化けて出たんだ。遺言を無視して家を売っちまったから。おれを呪い殺す気なんだ』って……。そのまま体調が回復せず、おじちゃんは質屋を廃業しました」

「清治郎さんが亡くなられたのは最近ですよね。その後もずっと、能面はこの家にあったんですか」

部長が問う。

「一時期は町内会長さんが預かっていました。でもじきに、会長さんまでおかしくなってしまってね。『あの面は女房の死んだ親父に似てる。おれは義父とは反りが合わなかった。死んでもまだ、おれを嫌ってる』なんてぶつぶつ言いはじめたんです。だから次はうちで預かったんですが、そうしたら今度はうちの夫が『この爺《じじ》いはいやなツラだ。おれの昔の上司を思いだす』なんて言いだして……。しかたなく町内で話し合って、お寺さんに引きとってもらいました」

「なんというお寺です？　この近くですか」

「通りの向こうにある『永奉寺《えいほうじ》』さんです。ここいらの人はたいていあそこの檀家《だんか》ですから、ご住職もこころよく引き受けてくださったんですが」

「ですが？」

部長がうながした。門脇は言いづらそうに、

「……お寺が、火事になったんです」

と答えた。

「全焼でした。警察は放火とみて調べましたが、犯人はいまだに捕まっていません。ご住職にも奥さまにも怪我がなかったのだけがさいわいです」

「能面は？　焼けなかったんですか」

「ええ」

門脇はうつむいて答えた。

「なぜか箱の角がすこし焦げただけで、中身はそっくり無事でした。その報《しら》せを聞いて、植戸のおじちゃんはさらに弱ってしまって……。亡くなったのは、その半年後です」

「お気の毒に」

部長が目を伏せる。門脇は洟《はな》を啜《すす》って、

「おじちゃんは死ぬ前に言ってました。『あの面を質草に入れに来た男、あんなに必死だったから、てっきり金に困っているのかと思った。しかしいま思えば、あいつは面の引きわたし先に困っていたんだなあ。うまいこと押しつけられちまった。貧乏くじを引かされた……』と」

――あんまり似たようなことがつづいたら、町内の皆さんだって嫌がりますから。

なるほどな、と森司は思った。

そりゃあ嫌がるし、怖がるだろう。

いわくつきの品を入手してからというもの、近所の老爺《ろうや》が衰弱し、町内会長がおかしくなり、寺が焼け、ついには老爺が死んだ。

近隣住民が気にするのも無理はない。塀の外からでも、一声かけたくなって当然である。

「ご安心ください。じつはぼくらも、くだんの能面の処分先を探してるんです。ご近所の皆さんには、もうご心労かけませんよ」

と部長は門脇をなだめてから、微笑んだ。

「ところで、焼けた『永奉寺』さんはもう再建なさった？　そうですか、そりゃよかった。では門脇さん、ご足労ついでに、ご住職にぼくらを紹介してもらえません？」

松の大木に囲まれた『永奉寺』は、再建したばかりとあって真新しい木の匂いがした。壁も床も天井も木肌が白い。古びて黒ずんだ寺院を見慣れている森司としては、なんだかおかしな気分がした。

オカ研の一同は、寺務所に通された。

当然ながらこちらも新しい。下足箱の上で、飼い猫らしい三毛猫がまるくなって眠っている。

「ほう、雪大の学生さんですか。あの能面のことをお聞きしたいとか……。ところで学生さんたちは、『採桑老《さいしようろう》』なんて舞楽《ぶがく》をご存じですかな」

温和そうな、まさに寿老人のような顔つきの住職だった。

部長が答える。

「浅学ですが、すこしだけなら。舞うと数年以内に舞手が死ぬ、というジンクスがある曲ですよね。不老長寿の秘薬を求めてさまよう老人の舞だとかなんとか」

「おう、さすがですな」

住職は顎《あご》を撫《な》でて、

「例の能面ですがね。わたしゃあれをはじめて見たときは、これぞ『採桑老』を舞うための面じゃあないか、と驚きましたよ。むろん舞楽面と能面は違いますがね、なんというか、独特の妖気《ようき》があった」

「それでもお預かりになった？」

「ええ。わたしは坊主のくせに、霊だの死びとの力だのを過信しちゃいませんのでね。いや信じてないわけじゃないですよ。ただ大したものだとは思っちゃいない。しかし、ま、今回はやられましたな」

「全焼だったそうで。ご災難でした」

部長は頭を下げた。

「さぞ大変だったでしょう」

「いやいや、ボロ寺でしたからな、ちょうど建替え時期だったんですよ。なまぐさい話ですが、火災保険もしっかり下りた。しかも焼け太りと後ろ指さされんで済む、頃合いの額でしたわ」

からからと住職は笑った。

「第一ね、あの火事は祟《たた》りというのとはちょいと違う」

「ほう」

部長が目を細める。住職は声音をあらためて、

「火付けはあくまで人間の仕業です。あいつにそそのかされたのか、それとも焼失して欲しかったのかはわかりませんが、すくなくとも人間の手によるものだ。あいつはねえ、見た者の心に否応《いやおう》なく影を落とすんですな。そしてその影に染まってしまう者と、そうでない者がいる」

「両者の差異はどこにあるんでしょう」

「さてね。そこまでぴたりと当てられるほど、わたしゃあ徳が高くない。家族に災いが飛び火したとしても、祓《はら》える法力もありません。……だからしかたなく、あの家の物置にお返しするしかなかった」

飄々《ひょうひょう》としたふうを装ってはいるが、住職は悔しそうだった。すくなくとも森司の目にはそう映った。

目を覚ましたらしい三毛猫が、下足箱の上でみゃあと鳴いた。

5

西雲堂の店主から電話があったのは、大学に戻ってすぐであった。

「作者の小澤光泥について、多少わかりましたよ。県内じゃ高名な面打ち師、窪内光仙《くぼうちこうせん》

の直弟子でした」

「でしたということは、故人ですか」

部長が問う。

店主は肯定して、

「二十年ほど前に亡くなっています。享年はええと、六十一。かの牧村巽も変わり者でしたが、光泥もたいした変人ですよ。四十代なかばまでは大手企業の役職に就いていましたが、展示されていた是《ぜ》閑吉満《かんよしみつ》の泥眼を観た瞬間に魅せられ、『面打ち師になる』と言ってその月のうちに退職。止める妻子を捨て、光仙のもとへ押しかけるかたちで弟子入りしたんだそうです」

「そりゃまた、激情家ですね」

「サラリーマン時代はおとなしい、平凡な人だったらしいんですがね。しかし面打ちを志した途端、人が変わってしまった。情熱のぶんだけ上達も早かったようですが、最後まで作品を仕上げることは稀《まれ》でした。ああじゃないこうじゃない、出来が気に入らないと言って、打っては壊し打っては壊し、やっと打ちあがっても滅多《めった》に他人へは売らなかったとか」

「でも、そんなんじゃ食っていけないでしょう」

森司が言うと、店主は声に苦笑を滲《にじ》ませた。

「しかたなく、師匠の光仙夫妻が世話してやってたみたいですよ。ほとんど工房から出てこなくなった光泥に、奥さんがしばしば食事を運んでやっていたそうです。でもそのせいか、光泥と奥さんの間に妙な噂が立ってしまってね」

「噂というと、男女の？」と部長。

「そうです。まあ口さがないやつはどこにでもいますからねえ。当時の光泥は五十過ぎで、奥さんは四十代前半。美人だったそうですから、よけいあやしまれたのかな。ともかく噂のせいで『もうこれ以上面倒はみてやれん』と、光仙夫妻は彼を置いて別の工房へ引っ越してしまった。それが、光泥が亡くなる五年ほど前のことです」

「光泥の死因はなんなんです」

「餓死だと聞きました。工房で鑿《のみ》を握ったまま死んでいたという風聞ですが、まあこいつは眉唾《まゆつば》でしょう。ともあれ師匠夫妻に去られてからは、そうとう困窮していたようですね。生活保護の申請中だったという噂もあります」

「そこまで切羽詰まっとったのに、作品は売らんかったんですか？」

　鈴木が尋ねる。

「いや、苦渋の選択で四、五枚は売ったそうです。しかしいま市場に出まわっている光泥作品の大半は、彼が望んで売ったものじゃない」

「と言うと？」

「光泥は『自分が死んだら工房の作品は、棺《ひつぎ》に入れて一緒に燃やしてくれ』と遺言していたそうです。しかし彼の息子が、それを無視してあっさり売りはらってしまった。全部で三十枚ほどあって、なかなかいい値がついたようですよ」

「そのうちの三枚が植戸くんの手もとにあるわけか。となると、かなり貴重な品ですね」

部長の言葉に、

「そりゃあもう」と店主は声を弾ませた。

「売る気になったら、いつでもお声をおかけください。確実に、よそよりも高値で引きとらせていただきます」

「伝えておきますよ」

部長は苦笑して、

「ところで師匠の窪内光仙は、もうお亡くなりでしょうね？」

「ええ。ですが兄弟子の仙京《せんきょう》先生がご存命です。もう九十歳近いが、お元気なかたですよ。連絡先、要ります？」

「要ります。お願いします」

部長は即答した。

住所と電話番号をメールで送ると約束し、店主は通話を切った。

「……やっと、兄弟全員で暮らせるようになったのに」

三澄がぽつりと言った。

その声音に、森司は思わず振りかえった。

三澄の顔はいまにも泣きだしそうに歪《ゆが》んでいた。握りしめた両の拳《こぶし》が、こまかく震えている。

「うちは両親が早くに死んじゃったんで、兄たちは大変だったんです。おれはほんの子どもだったから、なにも手助けできなかった。一兄ちゃんは進学を諦《あきら》めて就職して、なのに、入社して二年でリストラされて……。再就職に、すごく苦労しました。あの頃はほんと、会社を転々として」

声が涙で潤んで、揺れた。

「蓮兄ちゃんは蓮兄ちゃんで、株に手ぇ出して借金つくっちゃいました。だからつい最近まで、遠くに出稼ぎに行ってたんです。借金をやっと返し終えて、帰ってきたばかりだったのに……、おれが奨学金で雪大に入れて、やっとこれからってとこだったのに。なんでまたこんな、おれたちばっか、災難つづき……」

「大丈夫だよ」

部長が静かに言った。

「能面のことは、作者の背景もわかってきたし、きっとなんとかなる」

「そ――、それだけじゃないんです」

三澄は目もとを拭《ぬぐ》った。

「兄たちの様子が、ずっとおかしくて。二人とも、すごく怯《おび》えてるんです。悪夢を見るみたいで、夜中に悲鳴が聞こえてくるのもしょっちゅうです。食欲もないみたいで、顔いろだって悪いし……」

「怯えているというのは、能面の怪現象に怯えてるってこと?」

「そうかもしれないし、よくわかりません」

三澄はかぶりを振った。

「訊《き》いても答えてくれないんです。ただ『おまえは気にしなくていい』、『おまえには関係ない』と言うばかりで」

「ふうむ」

部長が唸《うな》る。なにか言いかけてやめ、彼は隣の従弟《いとこ》と顔を見合わせた。

6

三澄と別れたオカ研一同は、藍と待ち合わせしている居酒屋へと向かった。

その居酒屋は以前、鴻巣コーチとバッティングした店でもある。森司はおそるおそる暖簾《のれん》をくぐった。店内に鴻巣らしき姿は見あたらない。ほっとした。

代わりに藍とともにテーブルで待っていたのは、非常勤講師の矢田であった。

彼らを見ると片手を挙げて、

「よう、植戸に付き合ってくれてたんだって?　すまないな。礼に全部おごる——と言いたいとこだが、諭吉《ゆきち》一枚で勘弁してくれ」

と財布から一万円札を出し、コースターに挟んだ。

「ご要望どおり、今日はあちこちまわってきましたよ。まず古物商、植戸くんのおうち、能面が一時預けてあったというお寺」

言いながら、部長が矢田の向かいに腰を下ろす。

「そうか。で、なにかわかったか？」

「まだはっきりとは。ひとまず作者は判明したので、そっちの伝手《つて》からたどってみようかと」

「頼むぜ。あいつはまだ一年坊主だが、なかなか優秀なんだ。つまらんことで神経やられて、ドロップアウトされちまったら学部の損失だ」

矢田は皆にメニューをまわして、

「まあ頼め。諭吉一枚じゃ心もとないだろうが、さいわいここは安い。とりあえず全員生でいいか？」

「あ、ぼくライチソーダで」

生中ジョッキ六つとライチソーダは、約二分で届いた。ただちに乾杯し、全員でぐっと呷《あお》る。

ああ効くなあ、と森司は思った。一日中歩きまわって乾いた喉《のど》に、炭酸の粒が刺さって染みる。口から食道、胃の腑《ふ》へと、きんきんに冷えたビールが落ちていくのがはっきりわかる。

「おい、ところで八神」

半笑いの矢田が、横から肩を摑《つか》んできた。

「よかったなあ、ここにもあったぞ。噂の『月刊シティスケープ』」

「あ、はあ。はい」

森司は途端にやにさがった。

しかしこの場にはこよみもいるのだ。度を越してでれでれと緩んだ顔を見せてはならない。必死に頰の筋肉を引き締めようと努めながら、

「そ、そうみたいなんです。この店の雑誌ラックに、前来たときも」

「なーにすかしてんだよ。べつに気にしちゃいねえから、もっと手ばなしに喜べ。大学でもけっこうな話題になってるぞ。まあ中には、生きる希望をなくした男子学生も数人いるようだがな」

「はあ」

ジョッキを手にしたまま、森司はあいまいに答えた。横目でこよみをうかがうと、彼女は広げたメニューで顔を囲い、まわりから完全に表情を隠していた。

「まあまあ先生、その話は今日はいいじゃないですか」

横から藍が取りなす。

「それよりみんな、焼き鳥盛り合わせと唐揚げどっちがいい？　矢田先生の好きな、下足揚《げそあ》げもありますよー」

てきめんに矢田が乗って、

「おっ、じゃあ下足揚げと焼き鳥いくかな。野菜串《くし》も入れるか？　そろそろ獅子唐《ししとう》の季節が終わるから、食っときたいよなあ」

と相好を崩した。

「——部長たちの話を聞くに、解明の鍵《かぎ》は植戸くんのお兄さんたちにありそうよね」

藍が箸《はし》を置いて言った。

部長がうなずく。

「だよねえ。さっきは植戸くんの前だから言うのをやめたけど、お兄さん二人はなにか隠しているようだ。でも小澤光泥と彼らに、個人的な関係なんてあるわけないよね。光泥は二十年も前に死んでるんだから」

「いや、直接の接点はいらんと思うぞ」

泉水が言った。

「あの尉面《じょうめん》には、作者の強い念がみっしり残ってやがる。住職の言うとおり、その念波に大きく影響されるやつとされないやつがいるんだ。影響の度合いがなんによるものなのかはまだわからんがな。恐怖か罪悪感か、後悔か、愛憎か」

「つまり兄二人は、なにかしら〝身に覚えがある〟ってことね」

部長はそう言い、ライチソーダの残りを飲み干した。

「ともあれ光泥の兄弟子とやらに会ってみよう。まずは小澤光泥が、あの尉面にこめた思いを知るのが先だ。きっと解決の手がかりになるはずだよ」

「おう、頼んだぞ」

と矢田が声を張りあげて、

「ところでこのタウン誌……」

と手もとの『月刊シティスケープ』をふたたびめくりはじめた。酔いがまわってきたらしく、目もとが赤い。

「中身はいいとして、表紙は別の誰かのほうがよかったよな。よりによってジョニー・デップかよ。まあ新作映画の公開が今月だからしゃあないが、こんな美形を表紙で見てからじゃ、つい無意識に比べちまうだろ。八神が損というか、どうしたって見劣りするというか……」

「どこがですか？」

こよみがきょとんと訊いた。

「八神先輩のどこが、ジョニー・デップに見劣りするんですか？」

数秒、場が静まりかえった。

「――すまん、おれが悪かった」

矢田が真顔で言う。酔っていたはずの顔いろが、一瞬で平常に戻っていた。

藍がこよみを覗《のぞ》きこんで、

「こよみちゃん、もしかして酔ってる？」

「そうでもないです」

首を振るこよみの横で、「うわ」と部長が声を上げた。

「こよみくん、いつの間にかカクテル四杯目だ。藍くんそのグラス取りあげて」

慌てて藍がこよみの手からグラスを奪った。濃い目のソルティードッグが、グラスの五分の一以下にまで減っている。

「いつもおとなしく飲む子だから気に留めなかった」

「おまけに酔いが顔に出ないのよね。八神くんも止めてよ、もう」

「いや、おれも気づかなかったんですって」

藍の糾弾に、森司は両手を振った。

しかしこよみが飲みすぎるのは珍しい。そういえばメニューで顔を隠しはじめてから、ろくに目も合わなかった気がする。

「しかしジョニー・デップと八神……。酒の力は怖《こえ》ぇな、いや恋の力か」

ぼそりと矢田は言って立ちあがった。

「失言を反省して、おれはちょっくら馬に蹴《け》られてくるわ。ちょうど向こうのテーブルに知った顔が固まってやがる。じゃあな、くれぐれも植戸を頼んだぞ」

「馬……。このお店、馬がいるんですか」

ぼんやりと問うこよみに、

「いいから、こよみちゃんはお水飲みなさい」

と藍が水のグラスを握らせた。

7

小澤光泥の兄弟子こと窪内仙京は、市内ではなく、車で一時間以上かかる海沿いの町に住んでいた。

ちょうど土曜日で藍も休みである。泉水のクラウンに部長が、藍のフリードに森司、こよみ、鈴木が分乗して走った。

ほんとうなら三澄も行く予定だったが、

「すみません、どこかで風邪をもらってしまったようで、熱が出てしまいました」

と今朝がた連絡があった。それでも行きたがる彼を黒沼部長がなだめ、やりとりを録音してくると約束して同行を諦《あきら》めさせたのだ。

窪内仙京の自宅兼工房は、潮の香りがする高台に建っていた。

「小澤光泥か。懐かしい名前だ」

そう言って何度も首を縦にする仙京は、九十歳近いとは思えぬほど色つやのいい老人であった。

禿頭《とくとう》で、顎鬚《あごひげ》が真っ白だ。鼻先にメタルフレームの眼鏡をひっかけている。紺の作務《さむ》衣《え》に包まれた体は痩《や》せているが、充分に頑健そうだった。

「光泥は本名を小澤宗明《むねあき》と言ってね、わたしより五つ六つ下だったかな。そうそう、四十を過ぎて師匠に弟子入り志願したのさね。押しかけ女房ならぬ、押しかけ弟子さ。師匠はやめておけと何度も諭したが、『会社を辞め、妻子も捨てての背水の陣だ。皿洗いでもドブさらいでも、なんでもするから置いてください。おれは面打ち師になりたいんだ』と、お百度参りされちまってね。ついに師匠のほうが根負けしたのさ」

仙京は笑って、冷たい緑茶を喉に流しこんだ。

部長が水羊羹《みずようかん》を黒文字で切り分けつつ、

「失礼ですが、仙京先生はおいくつから先代にご師事を？」と問う。

仙京は顎鬚をひねった。

「わたしかい。数えで十四の歳からさ。いまの数えかたじゃあ十三歳だから、あんたらなら中学生に上がったばかりの頃かな。学校は小学校に行ったきりだ。当時は職人になるなら早けりゃ早いほどいい、学者になるわけでもないのに学校なんぞ贅沢《ぜいたく》だ、ってな時代だったからな」

「では不惑を過ぎて飛びこんできた小澤光泥は、異端中の異端だったんですね」

「そりゃあもう」

部長の言葉に、仙京はうなずいた。

「あいつぁね、けっこう大きな製紙会社の課長さんだったんだ。おとなしやかな女房に、親父似で優秀な息子が一人。なに不自由ない順風満帆な人生だったはずさ。それを全部棒に振って『面打ち師になれなきゃあ死ぬ』と師匠の家の戸口で喚《わめ》くまでに思いつめたんだから、さても能面の妖力《ようりょく》は罪つくりだ」

「面打ちを志したきっかけは、是閑吉満の泥眼を観たせいだとか」

「そのようだ」

仙京は片眉《かたまゆ》を下げた。

「正確に言やあ、内藤《ないとう》記念館所蔵の出目《でめ》是閑吉満作の泥眼だな。あんたら、かの作を観たことあるかね」

「いえ、浅学にしてありません」

「じゃあせめて、この写真を見なさい」

ぶ厚い目録を仙京がめくる。

「実物の百分の一も伝わりゃしないだろうが、雰囲気くらいは摑《つか》めるだろう。ようく見な、これが大の男を人生ごと狂わす天才の作ってもんだ」

引力に惹《ひ》かれるように、森司《としま》の目は目録の写真に吸い寄せられた。

女の面だった。若いのか年増なのかすらわからない。ただ、美しい女であるとはわかった。

眼には表情らしい表情がない。白目が金泥で塗られている。笑みのない、ひらいた口から覗く歯も同様に塗られていた。

──似ている。

あの尉面に似ている、と森司は思った。

悲しんでいるような、怒っているような、放心しているような、そしてそのどれでもないような──。いまにも怒鳴りだすか、泣きだすか、激情をあらわにする寸前にも見える表情。

すべてを抑制しているようでいて、すべての感情をあらわにしたとも映る表情。

部長が滔々《とうとう》と述べた〝中間表情〟とはこれか、と森司は悟った。

この一枚の面に、一見曖昧《あいまい》ともみえるおもざしに、すさまじい情報量が詰まっていた。

仙京が言う。

「うちの流派は弟子に〝仙〟の字を与えるのが決まりさ。しかし師匠の光仙は、やつに〝仙〟ではなく〝光〟の字を与えた。現代の面打ち師は、模作が基本だ。模作を拒むあいつに、〝仙〟の一字を伝えるわけにはいかなかったんだな。せめてあいつが、独自の道を行く芸術家でも目指していてくれたならよかったんだが……。だがあいつぁ、面打ちにこだわった。あくまで面打ち師になりたがっていたのさ」

因果だなぁ──、と仙京は絞りだすように呻《うめ》いた。

「光泥のやつは、祖父に育てられたんだとさ。幼くして事故で両親を亡くし、父方の祖父に引きとられた。だが祖父《じい》さんは、どうにも癖のある人だったらしい。あいつは多くを語らなかったが、愛情なんてものには程遠い幼少期だったようだ」

「虐待、ですか？」

「たぶんな」

仙京は短く言った。

「とはいえ現代のあんたらと、おれらの年代じゃあ感覚が違いすぎる。おれたちがガキの頃は、子どもなんてのは殴っても蹴っても問題にならんかった。子どもはいまほど大切なもんじゃなく、死にでもしない限り、気に留めるやつぁすくなかった。けど心に受ける傷は一緒なのかもな。光泥はいくつになっても、その傷を抱えてた。胸んとこに、いつまでも殴られ叩《たた》かれてた頃のガキを棲《す》まわせてた」

「彼の作品はその産物、ということでしょうか」

部長が尋ねた。

「彼の癒《い》やされない傷から生まれたのが、あの尉面《じょうめん》であり、孫次郎なんでしょうか」

「と思うがね」

老爺《ろうや》はうなずいて、

「あいつは言ってたよ。是閑吉満の泥眼をはじめて観た瞬間『これこそ祖父の顔だ、と思った』とね。女の顔には見えなかったそうだ。いや、正確に言えば男の顔にも女の顔にも見えた、かな。やつに言わせれば、死んでもかまわんと思って人を殴れる人間は、あんな面付《つらつ》きをしているらしい」

仙京はつと手を上げて、

「ほら、そこに鬼面があるだろう」

と壁を指した。

掛かっていたのは般若《はんにゃ》の鬼面だった。眉をひそめ、目と歯を剝《む》いた恨みの形相である。髪をおどろに振りみだし、角の生えた額には血管すら浮かせている。ひらいた口から覗《のぞ》く真っ赤な舌が禍々《まがまが》しい。

「やつに言わせりゃ、『ほんとうの鬼は、こんなわかりやすく恐ろしげな顔をしてやしない。むしろ表情は限りなく薄い。ときには笑いさえする』そうだ。やつはいつも言っていたな。『尉であり、鬼である面を打ちたい』と」

尉であり、鬼である面――。

仙京は禿頭を撫《な》でて、

「あいつは憑《つ》かれていたんだ。とりわけ金泥が表現し得る、怒りと恨みと憂いに取り憑かれていた」

とため息をついた。

「だから〝光泥〟なんですね。師匠の名から光、金泥から泥で、光泥」

部長は相槌《あいづち》を打って、

「小澤光泥は尉面だけでなく、孫次郎の顔をした泥眼も打っていました。あれについてなにかご存じですか？」

「あれは光泥に言わせりゃ〝母の顔〟だそうだよ。物心つく前に事故で亡くなったんで、記憶はないらしいんだが、祖父の罵倒《ばとう》を繋《つな》ぎあわせて作った母像があれなんだとさ。歪《ゆが》んでるよなあ。そいつを聞いただけでも、ろくでもない祖父さんだったとわかる。光泥のやつは、たまに冗談で『師匠の奥さんがモデルです』なんて言ってたがね。そのせいで、おかしな噂が立っちまった」

「ああ。その噂がもとで、光仙先生は彼を置いて引っ越してしまわれたとか」

「まあ師匠の気持ちはわかるよ。どこの馬の骨だかわからん弟子を引き受けてやったのに、恩をあだで返されたようなもんだからな」

仙京は渋い顔で言った。

「しかし父とも祖父とも思った人に捨てられて、光泥は完全に殻に閉じこもっちまったのさ。晩年のあいつは、幽鬼さながらだった。作品も鬼気せまっていたよ。ほとんどは、あいつ自身の手で壊されちまったがね」

「死の間際、光泥は『工房にある作品は棺《ひつぎ》に入れて、自分と一緒に燃やしてくれ』と言い遺《のこ》したとお聞きしました。しかし息子さんが、その遺言を無視して売りはらってしまった、と」

「そのとおりだ」

仙京は二、三度膝《ひざ》を揺すり、顔をしかめた。

「だがそれもまた、気持ちはわかるのさ。光泥が一方的に離婚して家を出たとき、息子さんはまだ小学生だった。奥さんは専業主婦だったそうだから、女手ひとつでその後どれだけ苦労したか……。息子が恨むのも無理はない」

「どこへなにを売ったか、手がかりはないんですか」

「ないね」

　即答だった。

「光泥はあちこちに借金を遺して死んだからね、息子さんは作品を売り払った金でまず金を返し、残りは師匠とわたしへ押しつけていった。『迷惑代だ』と言っていたが、なあに、本音は父の遺した金なんぞ持っていたくなかったのさ。遺骨の引きとりも、きっぱり拒否されたよ」

「では小澤光泥のお墓は？」

「無縁仏さ。息子さんから受けとった金を永代供養にまわした。小澤家の墓に入れるのは、息子さんが強く拒否したからな。ま、あれでよかったと思ってるよ。さすがの光泥だって、捨てた家族と同じ墓じゃ居心地悪くて安らげんだろう」

　苦笑いしてから、仙京は目線を上げた。

「ところであんたら、あいつの打った面を三枚も持ってるんだって？　どこかに売っちまうつもりかい」

「いいえ、まだ決めていません」

「そうか」

　仙京は首を縦にして、

「もしよかったら、いつでも声をかけてくれ。そう高値じゃあ買い取れないかもしれんが……わたしが持っていたほうが、まだマシな気がする」

と低く言った。

8

仙京の屋敷を出た一行は、国道をとんぼ返りして三澄の見舞いへ向かった。

「すみません。昨夜、急に熱が上がって……。インフルエンザは陰性でしたが、熱さましの効きがよくないんです」

赤い顔でふうふう言いながら、植戸三澄は布団から身を起こそうとした。部長がそれを手で制する。

「ああ、起きなくていいから。これお見舞いのポカリとゼリーね。ところで小澤光泥の面は、まだ物置に?」

「はい。気休めかもしれませんが、南京錠《なんきん》を増やしました。……窪内仙京のほうは、どうでしたか」

「会話を録音してきた。データをUSBメモリに入れておいたから、熱が下がったら聞いてみて。いまはとにかく寝るのが先決だよ。風邪というのはひたすら寝て休んで、体力を回復させるしかない」

「はい……」

弱々しく応《こた》え、三澄はまぶたを下ろした。

全員で廊下へ出て、襖《ふすま》を静かに閉める。

背後から「弟のために、ありがとうございます」と声がかかった。

森司たちが振りかえると、三十歳前後に見える長身の男が立っていた。目もとが三澄によく似ている。年頃からしておそらく長兄の一道だろう。

一道はあらためて頭を下げ、

「弟がいつもお世話になっているそうで」と折り目正しく言った。

「いえいえ、こちらこそお世話になってます」

部長が慣用句で返した。その背後に立つ泉水が、森司に目くばせしてくる。

——あ、泉水さんもやっぱり気づいたか。

横目で鈴木をうかがうと、無言で首を振られた。

どうやら鈴木が波長が合うのは小澤光泥だけで、ほかは駄目らしい。そうして森司はその逆だ。住職の言葉が脳裏によみがえる。

——あいつはねえ、見た者の心に否応《いやおう》なく影を落とすんですな。そしてその影に染まってしまう者と、そうでない者がいる。

この長兄は、まぎれもなく前者だ。

ひりつくほど感じる。後悔……いや、罪悪感か。長兄の胸に暗く焼きついているのは、まさに痩《や》せさらばえた老人の影であった。

——でもこの老人はまだ、鬼になっていない。

泉水が身をかがめ、部長の耳になにごとかささやく。部長はちらりと森司を見、うなずいた。

一瞬森司はひるんだ。おれから言うのか、と尻込《しりご》みしかけたが、結局は覚悟を決めて

「あのう」と一道に切りだした。

「あの、ぶしつけですみません。あなたはなぜ、老人に怯《おび》えていらっしゃるんですか。恨みをかう覚えがあるんですか?」

無神経な物言いをしたのはわざとだ。

狙いどおり一道は立ちすくみ、目に見えてうろたえた。その顔に浮かんだのは怒りではなく、純粋な驚きと恐怖だった。

「もしかしたら三澄くんの高熱は、その影響かもしれません」

黒沼部長がたたみかけた。

「あなたの怯えが、おそらくあの能面に力を貸しているんです。もしぼくらの言うことに心当たりがあって、なにか打ち明けたいとお思いでしたら、彼の容態が急変する前に是非ご連絡を」

早口で告げて、名刺代わりのメモを手に押しつける。

一道は抵抗せず、呆然《ぼうぜん》とメモを受けとった。

大学に戻り、部室で休んでいると、夕方前に一道から連絡があった。

「いま、雪大の正門前です。じつはその——お話が」

一道の声は切羽詰まっていた。

部長が応える。

「では迎えの者をやります。ご安心ください。ぼくらはことを解決したいだけです。いっさいの他言はしません」

森司は正門に赴き、一道を連れて部室に戻った。

一道は気の毒なほど消沈していた。こよみが淹《い》れた熱いコーヒーを受けとりはしたものの、口も付けようとしなかった。

「……こんな話をしたら、きっと軽蔑《けいべつ》されるでしょうが」

顔をしかめて、彼は語りだした。

「三澄にも——弟にも、恥ずかしくて言えなかった。でも隠している場合じゃないんでしょうね。まさか、こんな非現実的なことが起こるだなんて」

「大丈夫ですよ」

部長は辛抱づよく諭した。

「あくまでここだけの話です。あなたが望むのでしたら、三澄くんにも洩《も》らしません」

「いや、もう、いいんです」

一道は力なく言った。

「三澄に知られてもかまいません。それで嫌われても自業自得です。じつはおれは――以前、催眠商法の会社に勤めていたんです」

苦い声だった。

催眠商法、と森司は頭の中で繰りかえした。聞いたことはある。しかし具体的にどういった商売なのかはよく知らない。

かろうじて知っているのは、主に高齢者を狙う商法であるというくらいだ。小金を溜《た》めこんでいて、寄る辺ない寂しい老人たちを。

一道はカップを両手で包んだまま、

「正式名称は、株式会社フレンドバード。高齢者向けの健康食品や、健康器具の販売会社です。ベースはよくある手口ですよ。まず商店街か駅前の空きテナントに入り、セミナーをひらく。一回目は五百円から六百円相当の商品を一律百円で販売したり、くじ引きに高額景品を用意するなどして集客する。……二回、三回とつづけて来るお客さんから、すこしずつカモを選《え》り分けていくんです」

「うちの事務所にも、催眠商法がらみで相談に来るお客さんが年に何人かいます」

藍が言う。

「話し相手のいない。孤独な老人が狙い目なんですよね。セミナーの社員にやさしくされて、甘い言葉が欲しいばっかりについ通いつめてしまう。高い商品を買えば社員が喜ぶから、つい財布《さいふ》の紐《ひも》を緩めてしまう」

「そうです」

一道はうなだれた。

「初回は『ここに来れば得ができる』と思わせる。商品を競りにかけたり、サクラに競り落とさせたりして、『いま買わなきゃ損をする』ような空気に会場全体を落としこむんです。まさに集団催眠ですよ。その上で二度三度と通ってきた老人に親身なふりをして近づき、定価より何倍も高いマッサージ器や羽毛布団を売りつけるんです」

「いちおう特定商取引法に違反しているんだけど、向こうもそれをわかってて、ぎりぎり詐欺にならない線を狙ってくるんですよね。とりあえずこっちとしては販売会社宛てに契約解除の通知書を送って、クーリングオフさせるしかない。被害額の平均が三十万から五十万と中途半端だから、被害者も泣き寝入りしやすいし」

「そのとおりです。……でも」

いっそう一道は身を縮めた。

「おれの勤めていた会社は、もっと悪質でした。仮設店舗でひとつの町に逗留《とうりゅう》するのは七日間きっちり。カモを探すのは四日間、社員が豹変《ひょうへん》するのは五日目からです。カモが契約書にサインするまで数人で囲んで脅したり、暴力をふるったり、『買わないならこの場から帰さない』『家族に被害が及ぶぞ』と小突きまわしたりするんです」

「そこまでいくと、完全な違法ですね」

部長が腕組みした。

「なんでまた、そんな会社に入ったんです？　失礼ですが、悪事に手を染めてまで金もうけしたがるタイプには見えない」

「……リストラされたんです」

蚊の鳴くような声で、一道は告げた。

「両親が事故で死んだとき、おれは高校三年生でした。進学を諦《あきら》めて、高卒で就職して……いえ、それはいいんです。でも新卒で入った会社が、二年目に事業縮小を決めたもので、おれは真っ先に首を切られてしまいました。とくに資格もなかったから、再就職がうまくいかず……」

三澄はまだ小学生でした――と彼はつぶやくように言った。

「失業保険をもらっている間に、なんとしても次の勤務先を見つけなけりゃならなかった。ハローワークが勧めてきた企業は全滅でした。臨時職を転々としながら、あるとき就職情報誌で見つけたのがフレンドバードだったんです。応募時はただの、健康食品の販売業だと思ってました」

「しかし、そうじゃなかった」

部長は苦にがしく言った。

「入社してすぐ気づかれたんですか？　これは悪徳業者だと」

「すぐじゃありません。というか最初の研修で、洗脳まがいの講習と特訓を受させられるのも、目がくらんでしまう大きな要素なんです」

「洗脳、ですか」

「ええ。はじめの十日はとにかく怒鳴られ、罵倒《ばとう》され、むちゃくちゃな命令をされ、徹底的に人格否定されます。軍隊並みの規律を求められ、二十四時間監視され管理される。そして十一日目に、ふっとやさしくされるんです。

　そうすると自分でも驚くくらい、いっぺんでころっと落ちてしまう。わけもなく涙が出て、この上司に認められたくて、誉められたくてたまらなくなる。そうなったらもう上司の言いなりです。彼の言うことがすべて正しく聞こえる。彼が仕事の規範になってしまうんです」

　一道は頭を抱えていた。

「あの会社にいる頃、おれはお年寄りを『老害』と呼んでました。上司も、同僚もそうしていたからです。『老人は金を持っているんだから、かっぱいで社会に分配するのが当たりまえ』、『そうでなくちゃ経済はまわらない。おれたちは正しいことをしているんだ』。本気でそう思っていました。給与が高く、休みが多いのも魅力だった」

「その状態から、よく目が覚めましたね」

「……ある日突然、限界が来たんです」

　一道は睫毛《まつげ》を伏せた。

「おれはその当時、振り込め詐欺まがいの業務にまで携わっていた。自分のしていることを、できるだけ直視しないよう努めていました。脳が無意識にセーブしていたんでしょう。でもある朝、どうしても布団から起き上がれなくなった。医者には、鬱病《うつびょう》と診断されました」

それで辞めたんです――。

彼の声は、消え入りそうだった。

「診断書を提出して退職し、三箇月療養しましたよ。いまは縁あって通院中に知り合ったかたの会社に勤めています。給与はそう高くないが、安定しているし福利厚生もしっかりしている。三澄のやつも奨学金で進学できて、やっと肩の荷が下りたところだったんです。なのにまさか、いまになって、こんなかたちで過去に追われることになるなんて……」

落とした肩が、小刻みに震えていた。

「おれのせいです。過去に騙《だま》した老人の誰かが亡くなって、きっとおれを恨んでいるんでしょう」

一道は顔を上げた。眼球が血走っていた。

土気いろの額に、血管が浮きあがっている。

「し、謝罪まわりでもなんでもします。おれが祟《たた》られるのはいい。でも弟にまで、累が及んでしまうのは――」

「落ち着いてください」

部長は彼をなだめた。

「ひとまず以前の顧客情報を、覚えている限り提出してもらえますか。個人的にあなたを恨むかもしれないお客をリストアップしてください。でもそれが済んだら、すこし休んだほうがいいですよ」

「休む……」

「ええ。ひどい顔いろだ。いまあなたまで倒れたら、それこそ三澄くんのためになりません」

9

「……と、一道さんには言ったけど」

愛用のマグカップを置いて、部長は首をひねった。

翌日もオカ研一同は部室に集まっていた。部長はネット中心に〝株式会社フレンドバード〟関係のニュースを探し、こよみと藍が新聞の縮刷版を調べた。

「フレンドバードの詐欺商法による自殺や、刃傷沙汰《にんじょうざた》などの記事は見あたらなかった。ひとまず大きな事件は起こっていないようだ」

「悪質な商法なのは確かですが、高くて百万程度の商品だから、すぐに命を絶つほどの被害額じゃないってことかな」と森司。

「でも年金暮らしのお年寄りには、低額商品の十数万だろうと大きな出費のはずですよね。商品を複数買わされた被害者だっていたでしょう」

こよみが言った。

部長がふたたび首をかしげて、

「一道さんが在籍したのは約二年間か。ちなみにフレンドバードは彼が退職した二年四箇月後に民事再生手続をとり、さらに一年後に倒産している。悪徳商法で逮捕されて、事業停止になったわけじゃない。ウィキペディアによれば事業拡大の失敗および脱税の発覚で、放漫経営のつけが一気に来たみたいだね」

森司は部長のノートパソコンを背後から覗《のぞ》きこんだ。

モニタにはフレンドバードのウィキペディアが表示されている。

倒産にいたる流れはだいたい以下のとおりらしい。まず巨額の脱税および税金滞納で、銀行預金を差し押さえられた。さらに粉飾決算による違法配当が露見した。裁判所はフレンドバードの民事再生手続の打ち切りを決定。以後はなすすべもなく倒産、という具合である。

藍が一同を見まわして、

「顧客情報は洩《も》らせないけど、うちの事務所にフレンドバードのせいで破産したり、一家離散した依頼者はいない、とだけ言っとくわ。ただしそれをきっかけに家族仲が悪くなったりで、追い込まれた例はあると思う」

「それを考慮したらきりがないなあ。うーん、民事訴訟事件の記録を閲覧するしかないか。電話でも事件番号は教えてもらえるんだっけ？　で、その後裁判所の記録閲覧室に行って、と……」

しゃべりながら、部長はウィキペディアのウインドウを最小化し、別のウインドウをひらいた。口とは無関係に手が動き、あらたな検索をはじめる。

森司はその手もとをぼんやり眺めながら、

「あのう、うまく言えないんですけど」

ためらいがちに言った。

「ちょっと違う気がします。一道さんが抱える罪悪感があの面の影響力を強めているのは確かなんですが、ただのお金がらみとか詐欺とか、そんなのだけじゃない気がするんです。なにかこう、もっと……」

「あ、これ見て」

ふいに藍がさえぎる。森司はつづく言葉を呑《の》みこんだ。

藍の指は、パソコンのモニタを指していた。一同の目がその一点に集まった瞬間――。

着信音が鳴った。

部長の携帯電話である。発信者の表示は、植戸一道。

静かに、と手振りをして、部長は通話をスピーカーフォンにした。

「はい、こちら黒沼――」

「う、植戸です！　あの、昨日会った植戸一道です。三澄の兄の」

うろたえきった声が響く。

「わかりますよ、大丈夫です。どうなさいました？」

「み、三澄の熱がまた上がったんです。手がつけられない。おまけに、あの、たった一晩で」

「はい？」

「一晩で、あいつ、総白髪になってしまった。まるで別人だ。八十の老人みたいになって、いまも熱にうなされています。教えてください。おれはいったい、どうしたらいいんですか」

オカ研一同が植戸家に駆けつけると、三澄は六畳間の布団に臥《ふ》せっていた。

全身が汗に濡《ぬ》れている。真っ赤な顔で、目覚める気配もなくふうふう唸《うな》っていた。一道が言うには、三十九度から下がる様子がないそうだ。

「昨夜、一時的に三十八度二分まで下がったんです。だから一晩寝かせて、月曜にもう一度病院へ行かせようと……」

一道が声を詰まらせた。

「……おれは寝《やす》んだんですが、夜中、ふっと人の気配を感じて……。目を開けたら、三澄でした。おれの枕もとに、あいつが正座していたんです。真上から覗きこんでいました。瞬《まばた》きもせず、じっとこっちを見て、か、髪が、真っ白になっちまっていて――」

「いや、待ってください」

部長が制した。

「白髪って――三澄くんがですか？　どこが、どこがです？」

彼は困惑をあらわにしていた。

布団に仰臥《ぎょうが》して唸っている三澄を指し、ふたたび一道を振りかえる。

「どこがって、見てわかるとおり――」

はっと彼は息を呑んだ。

ようやく彼にも通じたらしい。黒沼部長や藍、こよみの目には、白髪の青年など映っていないのだと。以前と変わらぬ植戸三澄の姿しか見えていないと。

しかし。

泉水が苦りきった顔で言った。

「本家、すまんがおれにも、そこに寝ている植戸三澄は白髪の男に見える。八神、鈴木、おまえらはどうだ」

「おれにも、総白髪に見えます」

森司はうなずいた。つづいて鈴木も、無言で首を縦にする。

短い静寂が落ちた。

一道が悲痛な声をあげる。

「いったい、どうすれば――。おれたちはどうすればいいんです。お祓《はら》いか御祈禱《ごきとう》にでもすがるしかないんですか。このままじゃ、三澄が」

「しっ」

泉水が人差し指を唇に当てた。

「誰か、視てる」

森司は体を強張《こわば》らせた。

泉水の言うとおりだ。視線を感じる。悪意のこもった視線だった。どろりと粘って背中に、うなじに貼りつく。

「だれか、って――」

一道がすがるように言う。泉水は応《こた》えず、振りかえった。

全員の目が押入れの襖《ふすま》に向いた。

いや、正確にはわずかに細く開いた、柱と襖の隙間にだ。

一道が、ひっ、と短く悲鳴をあげた。

片眼が覗いていた。

切れ長の細い眼が、まばたきもせずこちらを凝視している。瞳《ひとみ》にただよう嘲笑《ちょうしょう》が、空気に濃く匂った。

凍りつく一同を後目《しりめ》に、泉水が大股《おおまた》に六畳間を横切った。

押入れの襖に手をかける。一気に開ける。

尉面《じょうめん》がそこにあった。

小澤光泥の打った面だ。桐箱に入れて物置に押し込み、複数の錠をかけたはずの尉面であった。

一道の膝《ひざ》が折れた。その場に彼は、力なくへたりこんだ。

泉水が尉面を手に戻り、森司にささやく。

「わかったか？」

「……はい、たぶん」

「いまの気配でやっとわかった。こいつは死んじゃいないな。面を通してこの家を苦しめているのは死びとじゃない。小澤光泥にもっとも強く呼応しているこの念は、生者のもので、植戸家を恨みつづけている。……そしてこの邸内に、強い罪悪感で面に力を与えているやつがもう一人いるようだ」

泉水が顔をあげた。

彼の双眸《そうぼう》は森司を通り越し、一道をも素通りして、障子戸の敷居の向こうを見据えていた。廊下に立ちすくむ、血の気を失った真っ白な顔を。

黒沼部長が静かに言った。

「――植戸蓮次さんですね？　よろしければ、あちらの座敷でお話を聞かせてください。三澄くんには、聞かれたくないでしょう」

座敷に移動した途端、蓮次は畳に両手を突いた。

額を擦《こす》りつけんばかりの土下座であった。

「ほんとうにすみません。弟の手前、言いだせなかったんです。でも、おれのせいじゃないかとは思っていた。兄貴だってきっと——……」

彼は顔を上げ、一道を見やった。

「兄貴、おれのことは、この人たちに？」

なにか言ったのか、と弟が訊《き》く前に一道は首を振った。

「言ってない。……おれのせいだと思った。いや、思いたかったから……」

その答えに、蓮次は無言でうなだれた。

黒沼部長が口をひらく。

「六年前のローカルニュースのキャッシュを見つけましたよ。四月七日の死亡事故だ。あなたは無免許および飲酒運転の車に同乗していた。そうですね？」

蓮次は答えなかった。しかし引き攣《つ》った青白い頰が、なにより雄弁に問いを肯定していた。

さきほど見つけた記事を、森司は脳内で反芻《はんすう》した。

『乗用車が街路灯に激突して2人が死亡、1人が重傷を負った事故で、署は8日、道路交通法違反（飲酒運転同乗、無免許運転同乗）の容疑で、植戸蓮次（20）を逮捕した。なお運転していた市内在住の笠井《かさい》慎吾《しんご》（20）は全身を強く打ち、搬送先の病院で死亡した。

笠井容疑者は自宅で飲酒した後、植戸容疑者を乗せて無免許で親の車を運転。7日午後11時20分ごろ、国道7号で中央線を越えて反対側車線の街路灯に激突し、信号待ちしていた同市西南区在住、無職の小此木義男《おこのぎよしお》さん（82）を死亡させ、妻まき子さん（79）に重傷を負わせた。同署によると、笠井容疑者の血液からは、基準値を上回るアルコールが検出された』

「……慎吾とは、中学時代からの友人でした」

蓮次は膝で拳《こぶし》を握ったまま、呻《うめ》くように言った。

「おれはクラスじゃ地味なほうだったけど、あいつはクラスカースト上位の、明るくて目立つやつで……。声をかけてもらえるのが、正直言って自慢でした。

慎吾にしてみたらおれなんて、大勢いる遊び仲間のうちの一人だっただろうけど……でもおれにとって、慎吾は特別でした。高校に入ってすぐ親が死んで、おれたち兄弟だけになったときも、あいつだけは腫《は》れもの扱いしなかった。変わらず接してくれた」

語る瞳が潤んでいた。

「よくも悪くも、金持ちのぼんぼんって感じのやつでした。屈託なくて、楽観主義で、甘ったれで。でもそこがよかった。慎吾といると、いやな現実を忘れられたんです。親なし子になったことも、高校を夜間に切り替えて昼は働かなきゃいけなくなったことも、全部忘れられた。あいつと馬鹿やってるときだけは、ただの十代のガキに戻っていられました」

平坦《へいたん》な口調だった。

隣で聞いている一道のほうが、つらそうな顔をしていた。

蓮次は言葉を継いだ。

「あの夜は、あいつん家《ち》に招待されたんです。『両親が旅行でいないから、酒持って遊びに来い』って。嬉《うれ》しかったですよ。おれは慎吾の親に嫌われていて、普段は家には近寄れなかったから。おまけに羽目をはずしたいときの遊び相手に、おれを選んでもらえたのも嬉しかった。だからつい、気が緩んだんだと思います。その緩みが——」

取りかえしのつかないことになりました、と蓮次は苦しげに言った。

「笠井慎吾さんがハンドルを握ったときは、そうとう酔っていたんですね？」

部長が問う。

蓮次はうなずいた。

「アルコール度数が高めのチューハイを、ロング缶で三、四本飲んでいました。おれがもっと買っていけばよかったんです。でも足りなくなって、慎吾が『コンビニに買いに行こう』と言いだした」

「徒歩で行ける距離じゃなかったんですか」

「あいつの家は、いわゆる高級住宅街にありました。美観をそこねるような店は近くの通りにないんです。最寄りのコンビニまで歩いて二十分、スーパーには三十分以上かかった。それにあいつ、教習所に通ってる最中だったから、運転したがって……」

「止めるべきでしたね」

　部長が、彼らしからぬ厳しい声音で言った。

　蓮次は首を垂れた。

「おっしゃるとおりです。おれはあのとき、止めるべきだった。でもそうしなかった。楽しい夜の空気を壊したくなかったんです。……馬鹿でした」

「そうして、事故は起こった」

「ええ」唇を嚙《か》む。

「目覚めたとき、おれは病院でした。鎖骨と頰骨と顎《あご》を折ってはいたが、ただの怪我だった。でも慎吾は——即死だったそうです。もっと最悪なことに、死傷者はおれたちだけじゃなかった。信号待ちしていた、老夫婦まで巻きこんでいた」

　蓮次は髪を搔きむしった。

「おれは飲酒運転幇助《ほうじょ》と、危険運転致死傷幇助の罪で裁かれました。刑事裁判のほうは懲役二年の執行猶予五年で実刑をまぬがれた。でも小此木さんのご遺族に訴えられた民事のほうで、慰謝料七百万を請求されまして」

「大金ですね。で、判決は？」

「四百万の支払いを命じられました。控訴せず、受け入れましたよ。失われた命はもう戻らない。金でしか償えないとはわかっていましたから、争わずに慰謝料を用意することでしか謝意は示せなかった」

「事故のあと、おれは蓮次と話し合った上で、三澄を連れて引っ越しました」

一道が口を挟んだ。

「三澄はまだ小学六年生だった。中学に上がる前に、悪評から遠ざけておきたかったんです。あの子はおれたちの、唯一の希望でしたから。……蓮次には、申しわけなかったけれど」

「だからあなたたちは、つい半年前まで離れて暮らしていたんですね」

部長が吐息とともに言う。

「三澄くんが言っていましたよ。『蓮兄ちゃんは遠くに出稼ぎに行っていた。でも借金をやっと返し終えて、帰ってきた』と。ほんとうは借金でなく、慰謝料を稼ぐために離れて暮らしていたわけだ」

「――兄には、迷惑をかけました」

消え入りそうな声で、蓮次は言った。

「鬱《うつ》から立ちなおったばかりの兄貴に心労をかけた上、引っ越しまで強いてしまった。三澄の学費にも、なにひとつ協力できなかった。せめてもの償いに四年間必死で働いて、やっと慰謝料を払い終わって、戻ってこられたんです」

片頬に苦渋が満ちていた。

「轢《ひ》き殺された小此木さんが、恨んでいるのでは……とずっと思っていました。でも、

「そうですか、生霊……」

蓮次は片手で顔を覆った。

「遺族のかただったんですね。おれも事故の遺族ですから、気持ちはわかります。いまさらですが、謝っても謝りきれません」

10

その場で黒沼部長は、小此木義男の遺族についてインターネットで検索をかけた。

真っ先に見つかったのは、今年五十八歳になる長女のフェイスブックだった。また彼女のフォロワーには長男の娘、孫。長女自身の息子たちが名を連ねていた。

全員の情報を繋《つな》ぎ合わせると、小此木義男の妻まき子は三年前に亡くなっていた。長男は会社を定年退職し、いまは嘱託で働いている。長女も同じく退職し、趣味の陶芸にいそしんでいた。子どもたちや孫の記事にも、とくに暗い影は見あたらない。

「これじゃ、的は絞りきれないなあ」

部長が眉根《まゆね》を寄せる。

鈴木が横から口を挟んで、

「みなさん、つらい事故を乗り越えて前に進んどるように見えますね。でもあの尉面《じょうめん》にシンクロしとる思いは、真逆ですよ。恨みつらみを抱えつづけて、粘着質にどろどろと鬱屈《うっくつ》してる」

「とはいえ、SNSじゃマイナスの情報は発信しないって人は山ほどいるしね。字面で読んだだけじゃ……」

部長が言いかけたとき、勢いよく障子戸が開いた。

一道だった。

彼は敷居に膝《ひざ》を突き、

「三澄がなにか、うわごとを言っています。熱はいまだに下がる様子がないし……、き、救急車を呼ぶべきでしょうか」

と声を詰まらせた。

「うわごと？　行ってみましょう」

部長が腰を浮かせた。


六畳間に一歩入って、森司はたじろいだ。思わず泉水と顔を見合わせる。

前に見たときと変わらず、三澄は布団に仰臥《ぎょうが》していた。しかしあきらかに、悪化していた。

髪が白く視えるだけではない。彼は老いていた。黄ばんだ白髪、骨に渋紙を張ったような顔。部長やこよみには以前と変わらぬ植戸三澄が見えているのだろう。しかし森司の目に、彼はまるきり病みやつれた老人と映った。

口まわりに皺《しわ》の寄った、乾いた唇がひらく。

「なに？　なにか言いたいのかな」

黒沼部長が彼の横に膝を突き、耳を寄せた。

「〝あと二回〟？　三澄くん、そいつは誰？　顔は見える？」

「……、っ――……」

「三澄くん？」

部長が叱咤《しった》するように問う。

しかし唇は力なく閉じた。あとは荒い息が、ふうふうと吐きだされるのみだった。

部長は顔をあげて言った。

「〝影が来る〟と言ってました。〝あと二回、あの影に遭ったら、きっとぼくは死ぬ〟と」

一道が喉《のど》の奥でくぐもった悲鳴をあげる。その横で蓮次は、いまにも気絶せんばかりの真っ青な顔をしていた。

部長はつづけた。

「それからこうも言っていましたよ。〝影の顔は見えない。見えるのは、神社、白い着物〟だそうです」

「神社で白装束で、恨み――。丑《うし》の刻参りかしら」と藍。

「丑の刻参りといえば〝橋姫《はしひめ》〟です」

こよみが早口で言った。

「橋姫は相手を呪い殺すため、貴船《きふね》の社で丑の刻参りをおこないました。『長なる髪をば五つに分け、五つの角にぞ造りける。顔には朱をさし、身には丹《に》を塗り、鉄輪《かなわ》を戴《いただ》きて……』。〝橋姫〟は、能面のうち鬼面の一種でもあります」

「しかし植戸家に所蔵されている小澤光泥の面に、橋姫はない。あるのは模刻の生成だけで――」

部長は唸《うな》り、携帯電話を取りだした。

「仙京先生に聞いてみよう。光泥が橋姫の面を打ったことがあるかどうか。そしてもし打っていたとしたら、いま誰が所有しているか知らないか、と」

十分後、さらに三澄の熱は上がった。ついに救急車が呼ばれた。

同乗の付き添いには一道と藍が付くことになった。なにか異変があれば、藍が逐一報告してくれるという。

「光泥の面をどこに売ったか、やはり知っているのは息子さんだけだそうだ」

窪内仙京との電話を切ってすぐ、部長は言った。

「息子の弘嗣《ひろつぐ》さんの連絡先を、仙京先生に教えてもらったよ。きっと嫌がられるだろうが、会ってもらえるよう交渉してみるしかない。泉水ちゃんは例の尉面を管理しといてくれるかな。鈴木くんがつらそうだから、なるべく彼から遠ざけてね」

「すんません」

鈴木が顔をしかめて詫《わ》びた。

「こめかみのあたりに、きりきり響きますわ。念の力が増してんのが、はっきり伝わってきます。おれよりもさらに、こいつは小澤光泥と波長が合うねやろな……。けど狙いは蓮次さんやのに、なんで三澄くんに怒りが行くんでしょう」

「三兄弟の事情を、ある程度知っている人物なのでは？」

　こよみが言った。

「一道さんと蓮次さんがなにより大切に思っているのは、末弟の三澄くんです。彼は兄二人の期待に応《こた》え、彼らができなかった進学の夢を無事果たした。三澄くんはお兄さんたちの希望そのものです。その三澄くんになにかあったら――」

「彼らは今度こそ、くじけてしまうだろうね」

　部長は顔をしかめた。

「両親の早世にはじまった挫《ざ》折《せつ》と苦難。詐欺まがいの仕事。飲酒運転の同乗による事故。高額な慰謝料の返済。兄二人が悪の道に揺れながらも戻ってこられたのは、三澄くんの存在があってこそだ。末弟の健全な成長だけが彼らの支えだった」

　しかし、その末弟をもし失ってしまったなら――。

　答えは口に出すまでもなかった。

　小澤光泥の一人息子、弘嗣が「会ってもよい」と応じてくれたのは、そのやりとりから約一時間後のことであった。

11

「もしもし、部長？　いまどこ？」

スピーカーフォンから、藍の声が響く。

「いまね、泉水ちゃんの車の中」部長が応じた。

部員と蓮次を乗せた泉水のクラウンは、ちょうどバイパスから高速道路へ移ったところであった。道は空《す》いており、車の流れがスムーズだ。

「鈴木くんを植戸家に待機させて、ぼくらは小澤光泥の息子さん家《ち》に向かってる。そっちはどう？　三澄くんの容態は？」

「検査結果は〝原因不明〟。でもいまは抗生剤入りの点滴を打ってもらって、病状は安定してるわ。それはそうと、三澄くんからの伝言よ」

藍が声のトーンを落とす。

「相変わらずうわごとだけどね。『黒い影が神社にいるのが視える。大きな石造りの鳥居。それをくぐると、赤い鳥居があって、奥に古い木の社《やしろ》。白い着物。顔はわからない。女の鬼面をかぶっている』――」

「丑の刻参りで間違いないようだね。となれば影がいるのは、きっと貴船神社だ。橋姫は鬼神になりたいと貴船の社に願い、七日籠《こ》もって鬼になった」

部長は考えこんだ。

「県内に貴船神社は確か四つある。加茂《かも》市にひとつ、魚沼《うおぬま》市に二つ、村上《むらかみ》市にひとつだ。丑の刻は午前一時から三時だけど、二時間以内に全部をまわって影を捜しあてるのは不可能だよ。日付が変わる前に、なんとかして絞らなきゃ」

「とりあえずみんなは息子さんに会って情報収集してきて。容態が変わったら、また連絡するわ」

通話が切れた。


小澤弘嗣は自宅の庭先で森司たちを待ちかまえていた。

すでに日は落ち、あたりは漆黒の闇である。街灯柱のもとに、夏の名残りの蚊が群れ飛んでいる。

門柱の灯《あか》りに照らされた弘嗣は、ごく平凡な初老の男性であった。

穏和そうな丸顔に、細い銀縁の眼鏡をかけている。ゴルフシャツに包まれた下腹がでっぷりと突き出て、神経質そうなところは微塵《みじん》もない。亡父の狂気とは、およそ程遠い人物に見えた。

しかし彼は名乗るのもそこそこに、

「仙京先生から、おおよそのことは聞きました。……いつか、こんな日がくる気がしてましたよ。父の尻《しり》ぬぐいをする日がね」

と硬い表情で言った。

「なぜ父に捨てられねばならなかったのか、母は終生理解できなかった。わたしもそうです。父はなにも語らず、自分だけの悲しみと痛みに浸るためにわたしたちから逃げた。能面打ちになったとわかったのは、ずいぶんあとのことでした。その後も父は母からの連絡を無視しつづけ、最期の瞬間まで逃げつづけた」

「光泥の奥さまは――お母さまは、ご存命ですか？」

「四年前に他界しました。晩年は安らかだったのが救いです。孫の顔も見せてやれましたし、最低限の親孝行はできたかと」

「こんな場合でなかったら、ぜひお仏壇に手を合わさせていただきたいところです。だがすみません、今日は急ぎます」

部長は頭を下げて、

「過去にいろいろあったとはいえ、あなたにとってはやはりお父さまですから複雑でしょう。しかしぼくらは、小澤光泥の遺志と妄念を断ち切りたいんです。協力していただけますか？」

「もちろんです」

ためらいなく答え、弘嗣はクラウンの後部座席に乗りこんだ。

クラウンは夜の高速道路を百キロで疾走した。

弘嗣は部長から概要を聞いて、

「女の顔をした赤い鬼面なら覚えていますよ」と言った。

「確か二枚セットになっていたな。短い角が生えてるのと、角がないのと」

「角があるほうはこれですか」

生成の面を撮って保存した画像を、部長がタブレットごと差しだす。弘嗣は大きく首を縦に振った。

「これです。気味が悪いからよく覚えていたんだ」

「二枚とも同じ古物商にお売りになったんでしょうか」

「ちょっと待ってください。当時の売却明細を持ってきました」

弘嗣は日焼けした紙を広げ、眼鏡の奥で目を細めた。

「いや、別々の買い手がついてます。角がないほうは〝橋姫〟と明細にありまして、こいつは『寿月堂』に買われました。短い角がある〝生成〟は、〝孫次郎〟と〝尉面《じょうめん》〟とともに『古美術かりや』に買われています」

「なるほど。その店で三面は竹額に入れられてセットになったんだな」

部長がつぶやく。

森司は割りこんで、

「〝橋姫〟はどんな面でしたか」と訊《き》いた。

弘嗣が眉間《みけん》に深い縦皺《たてじわ》を刻む。

「こまかいところは覚えちゃいないが、恐ろしげな面でしたよ。乱れた髪が額に、頬にかかって、怒りで浮かんだ毛細血管のようにも見えた。顔は赤く染まって、眉《まゆ》も口も恨みがましく歪《ゆが》んで……でも、般若《はんにゃ》ではないんだ。あくまで人間の顔でした。だからいっそう薄気味悪かった。いつかどこかで見た顔のような気がしてね」

そこで言葉を切って、

「そういえば、似ていたかもしれない」

ぽつりと弘嗣はつぶやいた。

「似ていたって、誰にです？」

「父自身の顔にです。乱れた髪が長かったので、なんとなく女の面だと思いこんでいたが……いま思えば性別のない顔つきの面でした。あれは、父だったのかもしれない」

――尉であり、鬼である面を打ちたい。

生前の小澤光泥はそう言っていたという。

橋姫さえ、彼にとっては祖父もしくは己の投影だったのだろうか。美しい孫次郎の面にさえ、彼は祖父のにぶく光る怒りの眼を見出《みいだ》した。

「ひとまず『寿月堂』に当たってみるしかないな」

右折のウインカーを出しながら、泉水が言った。

「問題はいま誰が、くだんの橋姫を所有しているかだ。どうせ個人情報は教えられないと言われるだろうが――本家、どうする」

「植戸家所蔵の、小澤光泥の面を餌にするさ」

部長が応《こた》えた。

「いい値で引きとると言ってくれた西雲堂さんには悪いけど、この三枚をただ同然でお売りいたします、と言って『寿月堂』の店主を釣るしかないね。おそらく二十年前、『寿月堂』は『古美術かりや』に競り負けて三面を買いのがしてる。そのときの悔しさを覚えていてくれたなら、分のある賭《か》けなはずだ」

携帯電話が鳴った。

「藍くんだ。どうした？」

「三澄くんが、またうわごとを言ったの。新情報よ」

藍は息を吸いこんで、

「『森に囲まれた神社で、あたりは真っ暗。砂利が敷きつめられてる。古い社の後ろに、高い高い影――塔だ。五重の塔が建っている』」

「背後に五重の塔？　それなら貴船神社じゃない。燕《つばめ》市の酒呑童子《しゅてんどうじ》神社だ」

部長が叫んだ。

「酒呑童子神社は縁結びの神社だ。縁結びは正しい縁だけでなく、呪いの縁も結ぶと言われている。貴船神社が丑《うし》の刻参りの舞台に選ばれたのも同じ理由からだよ」

助手席から泉水の腕を摑《つか》む。

「泉水ちゃん、次のインターで降りて方向転換して。ここから酒呑童子神社までの距離は……ええと、六十キロくらいか。二時間もあれば着くよね？　急ごう」

12

酒呑童子神社は、国上山《くがみやま》のふもとに建っていた。

横木を組んだ階段をのぼった先にある神社の拝殿は、けして大きな社ではない。目立つのはむしろ、背後の五重の塔のほうだ。鬱蒼《うっそう》と茂る森を従えるように建つ姿は、夜闇に溶けて畏怖《いふ》の念さえ覚えさせた。

午前一時二十分。

黒い影は拝殿の前に立っていた。

丑の刻参りとは丑の刻、つまり午前一時から午前三時の間に、御神木に呪う相手の依代《よりしろ》を五寸釘《ごすんくぎ》で打ちこむ呪術《じゅじゅつ》である。依代は多くの場合、藁《わら》の人形《ひとがた》が用いられる。

呪いを為《な》すには白装束をまとい、首から鏡を吊《つ》るし、足には一本歯の下駄《げた》、頭に鉄の五徳をいただき、五徳の脚に火のついた蠟燭《ろうそく》を立てるとされる。

だが影は、三澄の夢に出た姿とは違っていた。

白装束に身を包んでおらず、五徳をいただいてもいなかった。

ただその顔は、橋姫の面に隠されていた。

小澤光泥の打った橋姫であった。

対となる生成の面は出目満茂の模刻品であった。しかしこちらは満茂をモデルに、光泥の解釈を加えて橋姫に打ち直したものだ。

おどろに振り乱した髪なのか、それとも憤怒《ふんぬ》で浮き上がった血管なのか、額に黒いすじが幾重にも走っている。吊りあがった眉の下で、両のまなこが金泥で濁っている。満面に怒りの朱をそそぎ、激情に狂う鬼の形相であった。

影は小柄だった。

横木を組んだ階段を駆け下りる。またのぼり、鳥居をくぐって、拝殿の前で掌を合わせる。

真摯《しんし》な仕草であった。満願成就を祈る御百度参りだ。その顔が橋姫で覆われていなかったならば、崇高にすら映ったかもしれない。

だが、その満願とは――。

影の肩がびくりと跳ねた。

玉砂利を踏む足音を聞いたせいであった。しかも一人ではなかった。複数だ。

時刻は真夜中である。あたりに外灯はなく、とうに社務所にも灯《あか》りはない。用もなく人が訪れる時間帯でも、場所でもなかった。

「誰だ」

影は呻《うめ》いた。

「おまえらは、――誰だ」

「あなたを止めに来た者です」

応えたのは黒沼部長だった。懐中電灯のスイッチを入れる。橋姫をかぶった男の姿が、仄黄《ほのぎ》いろい光の円内にぼうと浮かびあがる。

「その面があなたの恨みを駆りたて、あなたを彼と結びつけ、そうやっていま狂わせている。——もうやめましょう、笠井さん」

影が立ちすくむ。

部長の斜め後ろで、植戸蓮次が呻いた。

「か、笠井さん。おれは……」

「やめろ」

影の声が、鞭《むち》のように厳しく蓮次を打った。

橋姫の面がはずされる。

蓮次が息を吞《の》んだ。

あらわれたのは、八十歳近い老爺《ろうや》の顔であった。飲酒運転で街灯の柱に激突して即死した、笠井慎吾の父親だ。

「笠井さんなんぞと、気やすく呼ぶな。お、おれの息子は、おまえと——おまえなんかと付き合ったせいで、死んだ」

しわがれた声だった。

「五十を過ぎて、やっとできた子だった。おれの命に代えてもいいほど大事な子だった。

おまえのような親なし子のガキと付き合うなと、何度も何度も叱ったんだ。なのに慎吾は、あの子は——」

笠井は喉《のど》を掻きむしった。

「あの夜おまえと会わなければ。いやそもそも、おまえなんかと付き合わなければ、あの子はいまも生きていた。おまえが死なせたんだ。貴様がおれの子を——。おれの、可愛い慎吾を」

真正面から笠井は、蓮次を睨《にら》み据えた。

両眼が燃えていた。

金泥の眼だ、と森司は思った。憤怒と憎悪に燃えたつ笠井の形相は、まさしく橋姫の、いや鬼の形相であった。

——尉《じょう》であり、鬼である面を打ちたい。

小澤光泥の満願は成就したのだ。森司は理解した。ただし木彫りの面ではなく、笠井という老爺の肉体をもってして。

眼前にいるのはまぎれもなく小澤光泥の〝作品〟であった。いまだ残る光泥の妄念によって、彼は老人であり鬼であるモノと化していた。

蓮次が胸に抱いた桐箱が、激しく鳴った。

——共鳴している。

森司は顔をしかめた。

光泥の打った面は呼び合うのだ。二十年近く前に、弘嗣が光泥の遺作を売りはらったことからすべてははじまった。

橋姫は何度売っても『寿月堂』に戻ってきてしまったという。

植戸清治郎が質草として扱った、あの三枚の面と同じだ。面は正しい持ち主が現れ、いつか自分たちを引きとる日を待っていた。

「橋姫が笠井家に買われたのは七年前だ」

部長が言った。

「その一年後、笠井慎吾くんが事故死した。蓮次くんは慰謝料を稼ぐため遠方へ行き、その間に彼の伯父《おじ》である清治郎さんが三面を質草として手に入れた。蓮次くんが戻り、三面が屋敷ごと彼らに相続されたことで、ようやくことは動きだしたんだ。すべては、光泥が作品にこめた妄執のせいだ」

「本家」

笠井から目を離さず、泉水が唸《うな》った。

「あいつは厄介だぞ。生きながら、鬼になりかけてやがる。今夜の御百度参りが成就すれば、植戸三澄はおそらくほんとうに呪い殺される」

「そうだろうさ」

部長が言う。

「小澤光泥の遺志は、そのために二十年待った。祖父を超える浅ましい存在——生きて鬼となり果てる老爺をわが手で生みだし、作品として膝下《しっか》に置くことが彼の願いだった。すべては祖父が生きているうちに昇華できなかった、彼自身の恨みと憎しみがゆえだ」

「じゃあ、どうしたら」

森司は声をあげた。

いまや森司の目に、笠井は真っ黒な瘴気《しょうき》のかたまりに映っていた。人のかたちをした黒い靄《もや》の中に、ぽっかりと顔だけが浮きあがっている。

その顔はまさに鬼面そのものであった。さきほど彼がはずし、首にかけているはずの光泥の鬼面に。

「ゆ、――許してください」

蓮次が懇願した。

「弟はなにもしていない。許してやってください。殺すなら、お、おれにしてください、どうか」

なんでもします、どんな償いでも――と蓮次は訴えた。声は無残にわななき、頬が痙《けい》攣《れん》している。

だが笠井は無言だった。無言で嗤《わら》った。

あきらかな嘲笑《ちょうしょう》だった。

蓮次は絶望の叫び声をあげた。そして止める間もなく、笠井に突進していった。彼が胸に抱えていた桐箱が落ち、砂利の上を転がった。朱房がほどける。

「あ、——」

森司は声をあげた。

蓮次は笠井を摑《つか》もうと手を伸ばし、寸前でその場に凍りついた。

くたくたと空気が抜けたように、蓮次はその場にくずおれた。

瘴気に当てられたかのような倒れかただった。逆に笠井の手が伸び、彼の喉首《のどくび》を摑む。

爪が、柔らかい皮膚に食いこむのが見えた。

砂利の上で桐箱の蓋《ふた》がはずれた。尉面が転げ出る。

笠井は蓮次の喉首を摑んだまま、尉面を見やった。呼応していた。お互いに、呼び合っている。

いけない、と森司は思った。

あれを笠井に渡してはいけない——。

尉面は転がり、こよみから二メートルほど離れたところで止まった。

こよみが駆けだした。おそらく彼女にもわかったのだろう。あれが笠井の手に渡ったなら、終わりだということが。

「灘、やめろ!」

森司は叫んだ。

おれが行くから触るな、と言いたかった。しかしその暇はなかった。笠井がすでに、蓮次を放して向かっていた。森司は砂利を蹴《け》って走りだした。

必死になれないやつは駄目だ。耳の奥で誰かが言う。おまえは駄目だ。必死になれるものがないやつは駄目だ。

違う、と森司は思った。

——違う。おれは、だってこんなに。

一瞬早く尉面を拾ったのは、こよみだった。

しかし彼女の腕を、背後から笠井が摑んだ。腕をねじり上げられ、こよみが悲鳴をあげる。笠井の顔が笑いで歪《ゆが》んだ。

森司は駆けながら、絶叫した。

「——絹代さん！」

瞬間、空気が変わった。変わったのがわかった。

笠井に腕を摑まれた女が振りかえる。

それはもはや、こよみではなかった。もっと年かさの、磨きあげたように美しい女だった。

笠井がたじろいだ。気圧《けお》されたように一歩しりぞく。

その腰に、思いきり森司は組みついた。もつれあうように笠井ごと地面へ倒れる。抵抗する笠井の首から、森司は橋姫の面をもぎとった。

ひどく間近に笠井の両眼があった。あらゆる感情がひしめきあう瞳《ひとみ》だった。憤怒《ふんぬ》。憎悪。後悔。悲哀。呪詛《じゅそ》。怨讐《おんしゅう》。そして真っ黒な絶望と、失望——。

絹代が、手にした尉面を放った。

森司も笠井にのしかかったまま、橋姫を部長に向かって投げた。

二枚の面は部長の手から、弘嗣に渡った。闇に刃が閃《ひらめ》いた。

鑿《のみ》の刃であった。悟った笠井が、森司の下で悲鳴をあげる。

弘嗣は膝《ひざ》立ちの姿勢で、まっすぐに鑿を橋姫に振りおろした。刃は眉間《みけん》に当たった。

鋭い音とともに、面が真っ二つに割れた。

笠井がいま一度悲鳴を放った。

森司の腕の下で、笠井の体から力が抜けていくのがわかった。

弘嗣は尉面にも鑿を振るった。尉面もまた、橋姫と同じく眉間から顎《あご》までを一直線に割られた。

笠井は一声呻《うめ》き、がくりと首を垂れた。

白目を剝《む》いている。完全に失神していた。

「八神」

頭上から泉水の声がした。

森司は彼を見上げ、のろのろと笠井の上からどいた。

泉水がかがみこんで笠井の脈をとる。

「命に障りはないようだな。だが大事をとって病院へ運ぶか。光泥にどれほどの間憑《つ》かれていたか不明だし、歳も歳だ」

「はい……」

森司は部長を振りかえり、次いで弘嗣を見た。

二枚の面は無残に割られ、砂利に転がっていた。すでに妖気《ようき》は感じなかった。あっけないほどであった。

部長が言う。

「光泥の遺言に逆らって遺作を売っても、弘嗣さんにはなんの障りもなかった。光泥にとって、息子である弘嗣さんは唯一の弱みだったんだろう。憎しみに生きながらも、彼はわが子を捨てたことだけは負い目に感じていたんだね」

だからこそ、光泥の遺志を砕くのは小澤弘嗣でなくてはならなかった——。

冷えた風が流れた。

「先輩」

森司のそばに、こよみが膝を突いた。

絹代ではなかった。灘こよみが、彼の肩にそっと手をかける。

弘嗣は鑿を手にいまだ呆然《ぼうぜん》としていた。小澤光泥が生前に愛用していた、なぜかこれだけは処分できなかったという鑿であった。

頭上では、音もなく星がまたたいていた。

エピローグ

教育学部棟とトレーニング施設の間を抜け、森司は喧騒《けんそう》に向かって歩いた。

この先にはサッカー部とラグビー部の合同グラウンド、テニスコート、陸上競技場がある。空は晴れて澄みわたり、木立が風に揺れていた。

陸上競技場では、ジャージ姿の部員たちがウォーミングアップをはじめていた。埃《ほこり》っぽい土の匂いに、汗とスプレー式消炎鎮痛剤の香りが入り混じっている。懐かしい匂いだった。

しばし、競技場の脇に立って練習風景を眺めた。

部員たちがストレッチを終え、流しのジョギングに入る。ゆったりとした走りだ。みんな姿勢がいい。走りから数年離れていた森司にさえ、パフォーマンス向上のためのトレーニング理論が格段に進歩しているのがわかる。

鴻巣コーチは、一人の選手にほぼ付ききっきりで指導していた。

あれが短距離走のエースだな、と森司は思った。遠目にも体つきが違う。精悍《せいかん》さと気の強さがここまで匂ってくるようだ。

視線に気づいたのか、ふ、と鴻巣が振りかえった。目が見ひらかれる。

森司はかるく会釈した。鴻巣がその会釈を無視し、選手に向きなおる。

しかし背中で森司を意識しているのが伝わってきた。

鴻巣は選手になにごとか言うと、小走りに向かってきた。眉間に皺《しわ》が寄り、見るからに不機嫌とわかる。

「なんの用だ」

森司の前に立ち、鴻巣は突慳貪《つっけんどん》に言った。

もともと厳しい顔立ちが、苛立《いらだ》ちでさらに険相と化している。太い眉《まゆ》の下で、切れ長の目が細まっている。

「おまえの相手をしている暇は――」

「すみませんでした！」

森司は深ぶかと頭を下げた。両手を脇に付け、腰を九十度に曲げた完璧《かんぺき》な〝礼〟だ。

かつて鴻巣本人に、いやというほど叩《たた》きこまれたお辞儀であった。

――最後にグラウンドに礼をしてから帰れ。

――心技体が揃わない選手は大成しない。用具にもグラウンドにも心を尽くせ。

顔をあげる。

目の前に、鴻巣の戸惑い顔があった。

中学の頃はこの顔が怖くてたまらなかったっけな――。ぼんやりと思う。彼のなにもかもが怖かった。容赦ない罵声《ばせい》も、石つぶてのごとく投げつけられる辛辣《しんらつ》な言葉も、突き刺すような視線も。

「すみませんでした」森司は繰りかえした。

「あの頃、——コーチの期待を裏切りました」

鴻巣の肩が落ちた。

眼前で、彼の表情が一変していくのを森司は見守った。

けっして柔らかな顔つきではない。険が取れたわけでもない。しかし怒りと苛立ちが、鴻巣からゆっくりと消えていくのが感じとれた。

「……津坂に比べて、お前が才能で劣っているとは思わなかった」

静かな声だった。

「だが精神が駄目だった。おまえを見るたび苛々した。もっと上に行けるやつなのに、欲がない。闘争心がない。津坂に負けてもすこし悔しがるだけで、それっきりだ。ライバルを認める爽《さわ》やかなスポーツマンシップなんて言やあ聞こえがいいが、おまえは単に我がないだけだった。勝負にしがみつき、勝利をもぎとる執念と精神力が決定的に欠けていた」

口調に苦さが滲《にじ》んでいた。

「はい」森司は認めた。

「おれは、コーチを失望させたんですね」

あのとき、笠井慎吾の父の眼を見てわかった。双眸《そうぼう》に濃く浮かんだ失望。あれは鴻巣の瞳《ひとみ》にあったものと同じだった。失望は落胆を呼び、やがて怒りに変わる。

息子を失った笠井の失望と怒りは、息子の飲酒運転を止めなかった植戸蓮次に向いた。

そして鴻巣の怒りは、彼を失望させた八神森司本人に向けられた。

「津坂とおまえが二枚看板になっていれば全国を狙えたはずだ。津坂だっておまえと競い合うことで、より高いレベルの選手になれただろう。だがおまえはいくら発破をかけても、おれに応《こた》えなかった。早々に勝負を降りてしまった」

――負けてなんでへらへらしてる。

――おまえは駄目だ、おまえみたいなやつは選手として大成しない。

――必死になれないやつはなにをしても駄目だ。

「すみませんでした」

森司は言った。

「コーチの言うとおりです。おれはただ、人よりちょっと速く、気持ちよく走れればそれでよかった。是が非でも先頭でありたい、誰より前を行きたいという気持ちがなかった」

鴻巣の視線を感じた。

「でも、おれはそういうやつなんです。おれにとって走るっていうのは、べつにトップを行くことじゃない。大事なのはそこじゃない。……競技用のスタンスは、おれの走る目的とは一致しないんです」

森司は正面から、鴻巣を見つめた。目線がまともに合った。

「おまえ、変わったな」鴻巣が低く言う。

「女のせいか」

語尾に、笑いと揶揄《やゆ》が含まれていた。だが森司は笑わなかった。

「そうです」

即答した。鴻巣がわずかにたじろぐのがわかった。

「彼女だけなんです」

森司は言葉を継いだ。

「鴻巣コーチが言うとおり、おれは負けず嫌いにはほど遠い。二番手三番手に甘んじることに平気なやつです。人と争ったりぶつかったりが苦手で、気が弱くて、事なかれ主義な男です。おれが必死になれるのは――」

喉仏《のどぼとけ》がごくりと動いた。

「相手がどんなに強敵でも、どんなに不可能に思えても、一生をかけていい。自分自身より大切な存在だと思えたのは――彼女だけです」

サッカーのグラウンドから、遠い喚声が聞こえる。

マネージャーが鳴らすホイッスルの音が風にのって響いてくる。

鴻巣がゆっくりと苦笑した。

「やっぱり変わったよ、おまえ」

「そう、でしょうね」

「ああ。すくなくとも中坊のおまえは、そこまで恥ずかしげもなく女について語れるやつじゃなかった。含羞《がんしゅう》ってものがあった」

言葉だけ聞けば相変わらず手厳しい。だがさきほどとは違い、鴻巣の声音は笑っていた。嘲笑《ちょうしょう》ではない、愉快そうな響きがあった。

悪意が失《う》せたのを森司は感じた。かつての怒りも苛立ちも、眼前の鴻巣一史からは拭《ぬぐ》ったように消えていた。

「もう行け」

「はい。失礼します」

「……練習を見たけりゃ、いつでも来い」

「はい」

いま一度九十度の礼をし、森司はその場を離れた。

背中に視線が貼りついている気がしたが、振りかえらなかった。

森司はまっすぐに中庭へ向かった。

携帯電話で時刻を確認する。午後四時十三分。

講義が終わる四時十分に中庭のベンチで待ち合わせの約束をしたのだ。三分遅刻してしまったな、と足を速める。

木陰のベンチに、意中の乙女が座っていた。

今日のこよみはリネンのシンプルな五分袖《そで》ブラウスに、こまかいプリーツの入ったティアードスカートを合わせていた。膝《ひざ》にハードカバーの本を広げ、まるきり深窓の文学少女といった風情だ。

「灘」

声をかける。こよみが顔をあげた。

「八神先輩」

「ごめん、遅れた」

「いえ。それより……」

夕刻前の陽光に目を細めながら、こよみは尋ねた。

「先輩の用事は、終わったんですか？」

「ああ」

森司はうなずいた。

「終わったよ。隣、座っていいか」

「あ、はい。どうぞ」

蒸し暑さのない涼しい午後だった。

こんな日が次第に増えていき、残暑もやがて引いていくのだろう。夏の間は建物の中にいた農学部の犬が、今日はのんびりと芝生で昼寝をしている。

森司はしばらく黙っていた。

こよみもまた、なにも言わなかった。

気まずい沈黙ではなかった。

時間がゆるく流れる。目の前を早足で行き過ぎる学生たちや、小走りに中庭を横切る学生課の職員たちとは、まったく速度の違う時間がベンチのまわりを包んでいる。

やがて森司はぽつりと、

「灘」

と呼びかけた。

「おれは——おれは、その」

すこし言いよどみ、

「おれは、きみに釣り合う男になりたい」

小声だが、一息に言いきった。

「もし、なれたら——なれたと思ったら、そのときは、きみに言いたいことがあるんだ」

面と向かって、眼を見て言いたいことが。

ふたたびの沈黙があった。

風が木立を揺らす。さやかな葉擦れの音が鳴る。

こよみが口をひらいた。

「わたしの想像が当たっているなら、……自惚《うぬぼ》れでないのなら、同じことをわたしから言おうと思ったことが、何度かあるんです。でも」

「うん」

「あの、ですね」

こよみは彼のほうを見ずに話していた。森司も前を向いたままでいた。

はるか向こうに見える電線に、夏毛の雀が群れている。

「でも、先輩がそう言うなら、待っています」

「うん」森司はうなずいた。

「ありがとう」

空気に秋の匂いがした。

どこからか、上手とは言えないアコースティックギターが聞こえてくる。そういえば大学祭が近いな、と森司は思った。

枝葉の隙間から射しこむ陽光がやさしい。ひこうき雲が大きく斜めに横断し、青空にあざやかな白線を引いていた。

引用・参考文献

『世界不思議百科』　コリン・ウィルソン　ダモン・ウィルソン　関口篤訳　青土社
『世界残酷物語　上』　コリン・ウィルソン　関口篤訳　青土社
『オカルティズムへの招待』文藝春秋編　文春文庫ビジュアル版
『魔女狩り』　森島恒雄　岩波新書
『世界悪女物語』　澁澤龍彥　河出文庫
『エロス的人間』　澁澤龍彥　中公文庫
『世界遺産　フランスの美しい古城』　メディアパル
『能面の世界』　西野春雄監修　見市泰雄解説　平凡社コロナ・ブックス
『能面の見かた　日本伝統の名品がひと目でわかる』　宇髙通成監修　小林真理編著
誠文堂新光社
『決定版 知れば知るほど面白い！　神道の本』　三橋健　西東社
『民俗学事典』　民俗学事典編集委員会編　丸善出版

本作は書き下ろしです。この作品はフィクションです。
実在の人物、団体等とは一切関係ありません。

ホーンテッド・キャンパス　夏《なつ》と花火《はなび》と百物語《ひやくものがたり》

櫛木理宇《くしきりう》

角川ホラー文庫　21247

平成30年10月25日　初版発行

発行者――郡司 聡
発　行――株式会社KADOKAWA
〒102-8177　東京都千代田区富士見2-13-3
電話 0570-002-301（ナビダイヤル）
印刷所――旭印刷株式会社
製本所――本間製本株式会社
装幀者――田島照久

ISBN978-4-04-107527-2　C0193